सीक्रेट्स ऑफ लीडरशिप

कार्य समूह (टीम) के बिना नेतृत्वकर्ता का कोई अस्तित्व नहीं है। दोनों एक साथ मिलकर समूह के भीतर पारस्परिक संबंध की रचना करते हैं। और समूह की सफलता इस बात निर्भर करती है कि दोनों—नेतृत्वकर्ता व कार्य समूह—कैसे एक साथ मिलकर काम कर पाते हैं। लेकिन ऐसा तब हो पाता है, जब कार्य-स्थल में नेतृत्वकर्ता व कार्यकर्ता के बीच का अस्वाभाविक असुरक्षा भाव खत्म हो जाता है और स्वाभाविक 'मानवीय सुरक्षा-चक्र' (ह्यूमन सेफ्टी सर्किल) का निर्माण होता है। फिर कार्य समूह के सदस्य एक-दूसरे पर भरोसा करने लगते हैं। उनके बीच आपसी सहानुभूति बढ़ती है। वे एक-दूसरे के लिए कुछ करने को तैयार हो जाते हैं और उनके लिए कोई भी लक्ष्य असंभव नहीं रह पाता है। यही है नेतृत्व का मानव-विज्ञान (ह्यूमन साइंस)। मानव विज्ञान यानी मानवीय मूल्यों पर आधारित नेतृत्व करनेवालों को बहुत अच्छी तरह से पता होता है कि स्वयं के ऊपर दूसरों की जरूरतों व हितों को स्थान देने की इच्छा ही नेतृत्व का सच्चा मूल्य है।

व्यक्तित्व को तराश-निखारकर लीडरशिप के गुणों का विकास करनेवाली एक पठनीय पुस्तक, जो आपके भीतर के लीडर को सामने लाएगी।

वरिष्ठ पत्रकार **प्रदीप ठाकुर** को भारत के प्रमुख मीडिया समूहों (दिल्ली प्रेस, अमर उजाला व दैनिक जागरण) में विभिन्न संपादकीय पदों पर काम करने और विविध विषयों पर लिखने व विश्लेषण प्रस्तुत करने का दो दशक से भी अधिक समय का अनुभव प्राप्त है। उनकी अंग्रेजी में प्रकाशित कृतियाँ हैं : 'टाटा नैनो : द पीपल्स कार', 'कैरीइंग धीरूभाई', 'विजन फॉरवर्ड : मुकेश अंबानी', 'द शाइनिंग स्टार ऑफ अमेरिका एंड द वर्ल्ड : बराक ओबामा', 'द किंग ऑफ स्टील : लक्ष्मी एन. मित्तल', 'अन्ना हजारे : द फेस ऑफ इंडिया अगेंस्ट करप्शन', 'एंजेलीना जोली : इज शी द मोस्ट पॉवरफुल सेलिब्रिटी' और 'टाइगर इन द वुड्स : द स्टोरी ऑफ नं. 1 स्पोर्ट्स–ब्रांड टाइगर वुड्स'।

सीक्रेट्स ऑफ लीडरशिप

(कैसे बनाएँ खुद को सफल नेतृत्वकर्ता)

प्रदीप ठाकुर

प्रकाशक
प्रभात प्रकाशन प्रा. लि.
4/19 आसफ अली रोड, नई दिल्ली–110002
फोन : 011–23289777 • हेल्पलाइन नं. : 7827007777
इ–मेल : prabhatbooks@gmail.com ❖ वेब ठिकाना : www.prabhatbooks.com

संस्करण
2026

पेपरबैक मूल्य
तीन सौ रुपए

मुद्रक
नरुला प्रिंटर्स, दिल्ली

———— ★ ————

SECRETS OF LEADERSHIP
by Shri Pradeep Thakur

Published by **PRABHAT PRAKASHAN PVT. LTD.**
4/19 Asaf Ali Road, New Delhi-110002

ISBN 978-93-5266-306-4

₹ 300.00 (PB)

मेरी पूर्णकालिक लेखन-यात्रा को
संभव बनानेवाली धर्मपत्नी किरण और
मुझे हमेशा उत्साहित रखनेवाले
सुपुत्रों प्रभाकर, पुष्कर व भाष्कर
को
सस्नेह समर्पित

भूमिका

कार्य-समूह (टीम) के बिना नेतृत्वकर्ता का कोई अस्तित्व नहीं है। दोनों एक साथ मिलकर समूह के भीतर पारस्परिक संबंध की रचना करते हैं और समूह की सफलता इस बात निर्भर करती है कि दोनों नेतृत्वकर्ता व कार्य-समूह कैसे एक साथ मिलकर काम कर पाते हैं लेकिन ऐसा तब हो पाता है, जब कार्यस्थल में नेतृत्वकर्ता व कार्यकर्ता के बीच का अस्वाभाविक असुरक्षा भाव खत्म हो जाता है और स्वाभाविक मानवीय सुरक्षा-चक्र (ह्यूमन सेफ्टी सर्किल) का निर्माण होता है। फिर कार्य-समूह के सदस्य एक-दूसरे पर भरोसा करने लगते हैं, उनके बीच आपसी सहानुभूति बढ़ती है, वे एक-दूसरे के लिए कुछ करने को तैयार हो जाते हैं और उनके लिए कोई भी लक्ष्य असंभव नहीं रह पाता है। यही है नेतृत्व का मानव-विज्ञान।

मानव जाति का ज्ञात इतिहास साबित करता है कि मनुष्य का लगभग हर कुछ इस तरह से बनाया गया है कि वह कठिन-से-कठिन परिस्थितियों में भी खुद को जीवित रखने के साथ-साथ अपनी प्रजाति को भी आगे बढ़ा पाने में सफल हो सके। हमारा शरीर-क्रिया विज्ञान व एक साथ मिलकर काम करने की जरूरत, दोनों हमारे अस्तित्व के साथ ही हमारे मस्तिष्क में मौजूद हैं। यही कारण है कि जब एक साथ मिलकर किसी खतरे का सामना करते हैं तो हमारे कार्य-प्रदर्शन

की क्षमता अपने उच्चतम स्तर पर चली जाती है। लेकिन दुर्भाग्य यह है कि आज की निगमित कंपनियों के अधिकतर नेतृत्वकर्ता अपने कार्य-समूहों को बाहरी चुनौतियों से मुकाबले के लिए उत्साहित बनाए रखने के लिए आंतरिक रूप से कार्यस्थल में भी हमेशा आपात-स्थिति बनाए रखते हैं और वे स्वस्थ प्रतिस्पर्धा के नाम पर आपसी प्रतिद्वंद्विता को हवा देते हैं, लेकिन जीव विज्ञान (बायोलॉजी) व मानव विज्ञान (एंथ्रोपोलॉजी) बताता है कि प्रतिद्वंद्विता हमारी स्वाभाविक सामूहिक-कार्य भावना को नुकसान पहुँचाती है।

यह बहुत ही उदात्त विचार है कि हम सभी एक-दूसरे के बराबर रहें। न कोई कम, और न कोई ज्यादा। लेकिन तथ्य यही है कि हम कभी भी एक-दूसरे के बराबर नहीं रहे हैं, न अभी हैं और न कभी भी रह सकेंगे। इसके भी तार्किक कारण हैं। जरा सोचिए, हजारों वर्ष पहले जब पाषण-युग में हमारे पूर्वज कंदराओं में रहते थे और शिकार से अपना पेट भरते थे, तब यदि कोई विधि-नियम (रूल ऑफ लॉ) न होता तो क्या होता? जब वे लोग नए शिकार को लेकर अपनी जनजाति में लौटते तो हर कोई खाने के लिए दौड़ पड़ता; उन लोगों के बीच जमकर धक्कामुक्की होती; जो लंबे-तगड़े होते, उन्हें ही सबसे पहले खाने को मिलता और अपेक्षाकृत छोटे कदवाले कुशल शिकारियों को लगातार पीछे धकेल दिया जाता, शायद उनके खाने के लिए कुछ बचता ही नहीं। फिर मानव सभ्यता ही विकसित नहीं हो पाती, और हम नेतृत्व की अनिवार्यता पर चर्चा भी नहीं कर रहे होते।

तो आज के असंतुलित युग में नेतृत्वकर्ताओं की सबसे बड़ी चुनौती है कि वे मनुष्य को संख्या मानकर फैसले लेने से बचें। हमेशा याद रखें कि मनुष्य मनुष्य ही होता है, संख्या नहीं। सामाजिक प्राणी के रूप में जब हम एक-दूसरे पर भरोसा कर आपसी सहयोग से काम करते हैं तो सबसे अधिक उत्पादक साबित होते हैं और जब नेतृत्वकर्ता

की सत्यनिष्ठा प्रमाणित हो जाती है तो कार्यस्थलों में सुरक्षा-चक्र का निर्माण होता है, आपसी भरोसे व सहयोग का वातावरण कायम होता है और फिर उत्पादकता भी बढ़ती है।

मुझे विश्वास है कि यह पुस्तक आप सभी सुधी पाठकों को अपनी दुविधाओं को दूर कर सफल नेतृत्वकर्ता बनाने में मददगार साबित होगी।

—प्रदीप ठाकुर

अनुक्रम

1

नेतृत्व का मानव विज्ञान

कार्य समूह (टीम) के बिना नेतृत्वकर्ता का कोई अस्तित्व नहीं है। दोनों एक साथ मिलकर समूह के भीतर पारस्परिक संबंध की रचना करते हैं। और समूह की सफलता इस बात निर्भर करती है कि दोनों—नेतृत्वकर्ता व कार्य समूह—कैसे एक साथ मिलकर काम कर पाते हैं। लेकिन ऐसा तब हो पाता है, जब कार्य-स्थल में नेतृत्वकर्ता व कार्यकर्ता के बीच का अस्वाभाविक असुरक्षा भाव खत्म हो जाता है और स्वाभाविक 'मानवीय सुरक्षा-चक्र' (ह्यूमन सेफ्टी सर्किल) का निर्माण होता है। फिर, कार्य समूह के सदस्य एक-दूसरे पर भरोसा करने लगते हैं। उनके बीच आपसी सहानुभूति बढ़ती है। वे एक-दूसरे के लिए कुछ करने को तैयार हो जाते हैं और उनके लिए कोई भी लक्ष्य असंभव नहीं रह पाता है। यही है नेतृत्व का मानव-विज्ञान (ह्यूमन साइंस)। और मानव विज्ञान यानी मानवीय मूल्यों पर आधारित नेतृत्व करनेवालों को बहुत अच्छी तरह से पता होता है कि स्वयं के ऊपर दूसरों की जरूरतों व हितों को स्थान देने की इच्छा ही नेतृत्व का सच्चा मूल्य है। इसीलिए महान् नेतृत्वकर्ता नेतृत्व करने के अपने विशेषाधिकार के प्रति अत्यंत संवेदनशील होते हैं। वे जानते हैं कि स्वयं के हितों के व्यय पर ही नेतृत्व का विशेषाधिकार हासिल होता है।

पारस्परिक सहानुभूति का मूल्य

हम आमतौर पर रेखीय पदानुक्रम (लीनियर हाइआर्की) में ही काम करते हैं, इसीलिए हम स्वाभाविक रूप से यह चाहते हैं कि हमारे ऊपर बैठा व्यक्ति हमारे काम को देखे। हम मान्यता व पुरस्कार के लिए अपना हाथ ऊपर उठाते हैं। हममें से अधिकांश खुद को उतना ही आधिक सफल महसूस करते हैं, जितनी अधिक मान्यता हमें अपनी कोशिशों के लिए अपने प्रभारियों को मिलती है। लेकिन इस तरह की प्रणाली तभी तक काम कर पाती है, जब तक कि हमारे कार्यों की निगरानी करनेवाला व्यक्ति हमारे संगठन में मौजूद रहता है और ऊपर से किसी प्रकार का दबाव महसूस नहीं करता। लेकिन यह कोई मानक प्रणाली नहीं है और इसे हमेशा बनाए रखना भी संभव नहीं हो पाता है।

अब जरा सेना में काम करनेवाले व्यक्तियों के बारे में सोचिए। क्या वे मान्यता व पुरस्कार के लिए काम करते हैं? जब वे अपनी जान जोखिम में डालते हैं तो क्या वे यह उम्मीद करते हैं कि ऊपर बैठा अधिकारी उनके काम से खुश होकर उन्हें शाबासी देगा या पदोन्नत करेगा? बिल्कुल नहीं। सैनिकों की सफलता की इच्छा-शक्ति व संगठन के हितों को आगे बढ़ाने के लिए काम करने की इच्छा सिर्फ इस बात से प्रेरित नहीं होती है कि उन्हें अपने अधिकारियों से मान्यता मिलेगी। ये सब चीजें सेनाओं के त्याग एवं सेवा की कार्य-संस्कृति का अहम हिस्सा हैं, जहाँ सुरक्षा संगठन के हर स्तर से प्रदान की जाती है।

आप सैनिकों से पूछकर देखिए कि वह कौन सी चीज है, जो उन्हें खतरों से जूझने की हिम्मत प्रदान करती है? आप हैरान होंगे कि उन्हें जान पर खेल जाने की हिम्मत या तो उनके कठोर प्रशिक्षण या उनकी शिक्षा-दीक्षा या फिर उन्हें प्रदान की जानेवाली अत्याधुनिक हथियारों से ही मिलती है। जी हाँ, सैनिकों के चाहे कितने ही साजो-सामान क्यों न हों, लेकिन उनके पास अपने काम को करने की सबसे

बड़ी पूँजी होती है सहानुभूति। आप सेना की वर्दीवाले किसी स्त्री या पुरुष से पूछकर देख लीजिए कि वह अपने दूसरे साथियों को बचाने के लिए अपनी जान जोखिम में डालने के लिए क्यों तत्पर रहते हैं, तो यही जवाब मिलेगा, ''क्योंकि वे भी हमारे लिए ऐसा ही करते हैं।''

तो क्या सैनिक आसमान से टपकते हैं? क्या वे इसी काम के लिए पैदा हुए हैं? हो सकता है कि कुछ लोग ऐसे भी हों। लेकिन जहाँ भी हम काम करते हैं, वहाँ की कार्य-स्थिति यदि सेनाओं जैसी हो तो हम भी अपने साथियों के लिए मर मिटने को तैयार हो सकते हैं। जी हाँ, हममें से सभी सैनिक साहस व त्याग का प्रदर्शन करने का सामर्थ्य व योग्यता रखते हैं। हो सकता है कि हमें अपनी जान जोखिम में डालने या किसी और की जान बचाने के लिए न कहा गया हो, लेकिन फिर भी हम खुशी-खुशी अपने यश को साझा करने और अपने साथ काम करनेवालों की मदद करने के लिए तैयार हो जाएँगे। लेकिन, इसकी शर्त यह है कि जहाँ हम काम करते हैं, वहाँ ऐसा माहौल है कि दूसरे भी हमारे लिए ऐसा करने को तत्पर हों? जब ऐसी स्थिति होती है, जब उस तरह के बंधन बनते हैं तो फिर सफलता व गुजर-बसर की वैसी मजबूत नींव स्थापित होती है, जो बड़ी-से-बड़ी धनराशि, यश या पुरस्कार से नहीं खरीदी जा सकती। लेकिन यह सब उसी कार्य समूह व कार्य-स्थल में संभव हो पाता है, जहाँ नेतृत्वकर्ता अपने कार्यदल के सभी साथियों के कल्याण को सुनिश्चित करता है। जब नेतृत्वकर्ता अपने कार्य समूह के हितों की सुरक्षा करता है तो बदले में सभी सदस्य भी एक-दूसरे की और संगठन की रक्षा एवं हितों को आगे बढ़ाने के सबकुछ न्योछावर करने को तैयार रहते हैं।

जी हाँ, आपको सेनाओं जैसी आपसी सहानुभूति वाली कार्य-संस्कृति हर उस संगठन में देखने को मिल जाएगी, जो सबसे बड़ी सफलताएँ हासिल करते हैं, जो अपने प्रतिस्पर्धियों की युक्तियों व

नवाचारों को पटकनी देते हैं, जो संगठन के अंदर व बाहर दोनों से आदर प्राप्त करते हैं, जो कर्मचारियों की उच्चतम निष्ठा एवं न्यूनतम छँटनी को बनाए रखते हैं और जो लगभग हर प्रकार की मुसीबतों व चुनौतियों से मुकाबले की क्षमता रखते हैं। ऐसे सभी असाधारण संगठनों में हर स्तर के नेतृत्वकर्ता अपने मातहत काम करनेवालों के हितों की पूर्ण सुरक्षा सुनिश्चित करते हैं। इसीलिए उनके कार्य समूहों के हर सदस्य भी अपने साथियों व संगठन के हितों की सुरक्षा के लिए कुछ भी कर गुजरने के लिए हमेशा तैयार खड़े रहते हैं। तो यह है आपसी सहानुभूति का मूल्य और एक साथ काम करने का पहला रहस्य।

याद रखें कि कर्मचारी 'मनुष्य' भी है

तो क्या जिन कार्य-स्थलों में आपसी सहानुभूति को महत्त्व नहीं दिया जाता है, वहाँ पर कर्मचारी काम नहीं करते? बिल्कुल करते हैं। लेकिन, वहाँ पर लोग सिर्फ काम ही करते हैं। वे घड़ी की सुई देखकर कार्य-स्थल पर पहुँचते हैं; घंटी बजने पर मशीन को चालू करते हैं; फिर जब लघु विश्राम की घंटी बजती है तो अचानक मशीनें बंद हो जाती हैं और लगभग सभी कर्मी अपनी जगह छोड़ देते हैं; कुछ लोग शौचालय की तरफ भागते हैं तो कुछ चाय-कॉफी की दुकान की ओर और कुछ बस, यूँ ही अपनी जगह पर बैठे-बैठे सुस्ताते हैं। फिर विश्राम समाप्ति की घंटी बजती है तो सभी अपनी मशीनें चालू करते हैं और फिर से अपने काम पर जुट जाते हैं। फिर भोजनावकाश की घंटी बजती है···फिर काम शुरू होता है; फिर पहली पारी समाप्त होने की घंटी बजती है। सभी कर्मी अपनी मशीनें बंद कर कार्य-स्थल से बाहर निकल जाते हैं। फिर दूसरी पारी शुरू हो जाती है। यही तो होता है लगभग अधिकांश कार्य-स्थलों पर।

वर्ष 1969 में यही माहौल था, जब रॉबर्ट एच 'बॉब' चैपमैन ने अपने पिता विलियम चैपमैन के अनुरोध पर विनिर्माण संयंत्रों

(मैन्युफैक्चरिंग प्लांट) की निर्माता बैरी-वेहमिलर कंपनीज (सेंट लुईस, मिसौरी, अमेरिका) का कामकाज सँभाला था। इससे पहले बॉब लेखांकन प्रतिष्ठान प्राइस वाटरहाउस (अब प्राइस वाटरहाउस कूपर्स, दुनिया की सबसे बड़ी चार लेखांकन कंपनियों में से एक) में लेखापाल (अकाउंटेंट) की नौकरी कर रहा था। सन् 1975 में पिता की मृत्यु के बाद बॉब चैपमैन ने मुख्य कार्यकारी अधिकारी (सी.ई.ओ.) व सभापति (चेयरमैन) की जिम्मेदारी सँभाली थी। उस वक्त तक बैरी-वेहमिलर मुख्य रूप से शराब संयंत्र का विनिर्माण कर रही थी और उसका सालाना कारोबार 1.80 करोड़ डॉलर था। हालाँकि, उसके कामकाज सँभालने के एक महीने बाद ही बैंक ने कंपनी के वित्त-पोषण से अपना हाथ खींच लिया था; लेकिन बॉब ने लागत कटौती कर सन् 1976 में 2.20 करोड़ डॉलर का कारोबार किया था।

आखिर, बॉब चैपमैन ने ऐसा कौन-सा जादू किया था कि वित्तीय संकटों के बावजूद बैरी-वेहमिलर के कारोबार में 40 लाख डॉलर का इजाफा हो गया था? जी हाँ, बॉब चैपमैन ने वह किया था, जिसे अधिकांश नेतृत्वकर्ता अनसुना करते हैं। उसने अपने लोगों की बातें सुननी शुरू कर दी थीं और फिर बिना शोर मचाए ऐसे छोटे-छोटे बदलाव शुरू किए थे, जिनसे कर्मियों के बीच आपसी सहानुभूति का माहौल बनने लगा था। असल में, जब चैपमैन ने काम सँभाला था तो उसने सबसे पहले कंपनी में 27 वर्ष पुराने वरिष्ठ कर्मचारी रॉन कैंपवेल से बातचीत का सिलसिला शुरू किया था, उसे अपने मन की बात कहने का मौका दिया था। चूँकि चैपमैन के पिता ने कभी कैंपवेल की बातें सुनने की जहमत नहीं उठाई थी, इसलिए कैंपवेल घबरा गया था—कहीं सी.एम.डी. को उसकी कोई बात बुरी लग जाए तो?

लेकिन, चैपमैन के आश्वस्त करने के बाद कैंपवेल ने खुलकर अपनी बातें शुरू की थीं। उसने कहना शुरू किया था, "ऐसा लगता है

कि जब तुम मुझे नहीं देखते हो तो मुझ पर कुछ अधिक भरोसा करते हो, बजाय तब के जब मैं बिल्कुल यहाँ होता हूँ।'' असल में कैंपवेल अभी हाल में ही पोर्टो रिको के एक ग्राहक के संयंत्र का मुआयना करने के बाद मुख्यालय में वापस लौटा था और उसी के हवाले से यह बातें कह रहा था, ''जब मैं बाहर ग्राहक की फैक्टरी में था, यहाँ की तुलना में मुझे ज्यादा आजादी थी। जब से मैं फैक्टरी में दाखिल हुआ हूँ, ऐसा लगता है मानो मेरी सारी आजादी फिसल गई। मुझे लगता है कि किसी ने मुझ पर अपना अँगूठा रख दिया है। जब मैं अंदर आया था, तब मुझे समय-घड़ी में अपना पंच कार्ड घुसाना पड़ा था; और फिर, जब मैं दोपहर के खाने के लिए गया, वापस आया था और जब मैंने अपना दिन पूरा किया था, तब मुझे बाहर ऐसा नहीं करना पड़ता था।''

चैपमैन ने कभी ऐसी बातें नहीं सुनी थीं, उसे ऐसा लग रहा था मानो सी.एम.डी. की कुरसी पर बैठकर भी वह अपने फैक्टरी कर्मियों के बारे में कुछ नहीं जानता था। उसने कैंपवेल से अपने दिल की बातें कहने के लिए प्रोत्साहित किया था। कैंपवेल ने आगे बोलना शुरू किया था, ''मैं अभियंताओं, लेखपालों व अन्य लोगों के साथ एक ही दरवाजे से अंदर आता हूँ। वे बाएँ दफ्तर की तरफ मुड़ जाते हैं और मैं सीधे फैक्टरी में चला जाता हूँ, और हमारे साथ बिल्कुल अलग व्यवहार किया जाता है। आप उन लोगों के फैसले पर भरोसा करते हैं कि सोडा या कॉफी लें या अल्पावकाश लें; लेकिन हमें घंटी बजने तक इंतजार करने को मजबूर करते हैं।'' चैपमैन चुपचाप उसकी बातें सुनता रहा था; लेकिन वह अंदर-ही-अंदर परेशान हो गया था।

कैंपवेल ने चैपमैन को बताया था कि संयंत्र के अन्य कर्मचारी भी उसके जैसा ही महसूस कर रहे थे। कैंपवेल ने चैपमैन के सामने यह रहस्य खोला था कि एक ही फैक्टरी के भीतर दो अलग-अलग कंपनियाँ चल रही थीं—एक संयंत्र के अंदर और दूसरा मुख्यालय

दफ्तर में। चैपमैन को अब समझ में आया था कि शीर्ष प्रबंधन चाहे जितनी भी कोशिशें करने का दावा करता रहा हो, कठोर सच्चाई यह थी कि संयंत्र में मशीनों के सामने खड़े होकर काम करनेवाले कामगार यह नहीं महसूस कर पा रहे कि कंपनी उन पर भी उतना ही भरोसा करती है, जितना कि दफ्तर में बैठनेवाले कर्मचारियों पर। चैपमैन को जल्द ही पता चल गया था कि फैक्टरी के कामगार ऐसा क्यों महसूस कर रहे थे। कैंपवेल ने चैपमैन के सामने चौंकानेवाला तथ्य पेश किया था कि दफ्तर में बैठनेवाले कर्मचारी बिना किसी से पूछे कभी भी फोन कर अपने परिवार का हाल-चाल पूछ सकते थे; जबकि इसी काम के लिए फैक्टरी के कामगारों को अनुमति लेने की जरूरत पड़ती थी।

कैंपवेल की बातें सुनने के बाद चैपमैन ने कार्मिक विभाग के प्रमुख को बुलाया था और निर्देश दिया था कि समय-घड़ी को तत्काल बंद किया जाए और विभिन्न अवकाशों के लिए घंटी बजाने की प्रथा को भी खत्म कर दिया जाए। साथ ही, दफ्तर की अन्य सामान्य सुविधाओं के लिए भी कामगारों को अनुमति से मुक्त कर दिया जाए। उसी समय चैपमैन ने मन-ही-मन फैसला कर लिया था कि अब के बाद कामगारों से भेदभाव दरशानेवाला कोई नियम-कानून नहीं रहेगा और वह हर हाल में कामगारों का अटूट विश्वास हासिल करके ही दम लेगा। ये बहुत ही क्रांतिकारी फैसले थे, लेकिन चैपमैन ने इन्हें बहुत ही गुपचुप तरीके से लागू किया था। चैपमैन को पता था कि ज्यों ही कंपनी में आपसी सहानुभूति पैदा करनेवाली कोशिशें शुरू होंगी, आपसी विश्वास नया मानक बन जाएगा।

चैपमैन ने यह सुनिश्चित करने के लिए कि चाहे वे फैक्टरी के कामगार हों या फिर कार्यालय के कर्मचारी, सभी के साथ मनुष्य जैसा एक समान व्यवहार किया जाए। कई अन्य जरूरी बदलाव भी किए थे, जैसे—हमेशा से मशीनों के अतिरिक्त कल-पुरजों को तालाबंद

जालीदार कमरों में रखा जाता। जब किसी कामगार को पुरजों की जरूरत होती थी तो उन्हें जालीदार कमरों के बाहर पंक्ति में खड़ा होना पड़ता था और अपनी बारी आने के बाद अंदर बैठे कर्मचारी के सामने अपनी माँग रखनी पड़ती थी। कामगारों को उस जालीदार कमरे में जाने की अनुमति नहीं थी। कंपनी के प्रबंधन ने यह व्यवस्था कल-पुरजों की चोरी को रोकने के लिए बनाई थी। इस व्यवस्था से भले ही चोरी को रोकने की कोशिश की गई थी, लेकिन यह सख्त चेतावनी भी थी कि शीर्ष प्रबंधन कामगारों पर भरोसा नहीं करता था। चैपमैन ने उन कमरों से ताला हटाने का और कामगारों को अपने आप जरूरी कल-पुरजों लेने का आदेश जारी कर दिया था।

इतना ही नहीं, चैपमैन ने फैक्टरी के भीतर स्थापित भुगतान-दूरभाषों (पे फोन) को बाहर कर दिए थे और कामगारों के उपयोग के लिए कंपनी की तरफ से कई दूरभाष लगवा दिए थे। अब किसी कामगार को निजी बातचीत के लिए न तो सिक्कों की जरूरत थी और न ही किसी से अनुमति लेने की। वे जब चाहें, किसी से भी बातचीत कर सकते थे। अब मुख्यालय के कर्मचारियों और संयंत्र के कामगारों के भेद को पूरी तरह खत्म कर दिया गया था। कंपनी में काम करनेवाला कोई भी व्यक्ति मुख्यालय के किसी भी दरवाजे या संयंत्र के किसी भी हिस्से में अपनी मरजी से किसी भी समय आने-जाने के लिए स्वतंत्र था। बिल्कुल कोई रोक-टोक नहीं; सभी कंपनी के थे और कंपनी उनकी थी। शुरुआती हिचक के बाद जल्द ही यह एक सामान्य व्यवस्था बन गई थी। इस तरह, चैपमैन ने दिमाग से काम करनेवाले और हाथ से काम करनेवाले के बीच हर प्रकार की भेदभावपूर्ण व्यवस्था को खत्म कर दिया था। अब सभी मनुष्य थे, न कि कर्मचारी, अधिकारी या कामगार।

इसका नतीजा क्या निकला था? बहुत ही कम समय में कंपनी

एक परिवार की तरह बनने लगी थी। व्यवस्था में मामूली बदलावों से कंपनी के भीतर का माहौल बदल गया था। लोग भी वही थे, स्थान भी वही था; लेकिन उनके बीच के आपसी व्यवहार बदल गए थे। सभी खुद को कंपनी से जुड़ा हुआ महसूस करने लगे थे; सभी को अपना महत्त्व नजर आने लगा था और सभी दूसरे को महत्त्व देने लगे थे। अब हर कोई दूसरे का खयाल रखने लगा था, क्योंकि दूसरा भी उसका खयाल रख रहा था। आपसी सहानुभूति के उस माहौल ने हर किसी को अपने काम में दिल व दिमाग दोनों झोंक देने के लिए मजबूर कर दिया था। अब संगठन उनका व उनके साथियों का खयाल रख रहा था और वे अपने साथियों व संगठन का खयाल करने लगे थे।

रोचक तथ्य यह है कि इस दौरान पेट विभाग के एक कर्मचारी के ऊपर भारी मुसीबत आन पड़ी थी। उसकी पत्नी को मधुमेह था और उसकी टाँग कटवाने की नौबत आ पड़ी थी। उसे अपनी पत्नी की सहायता के लिए छुट्टी की जरूरत थी; लेकिन वह छुट्टी लेकर अपना वेतन कटवा सकने की स्थिति में भी नहीं था। शीर्ष प्रबंधन को इस बात का पता तब चल सका था, जब उस विभाग के अन्य कर्मचारियों ने अपनी बची छुट्टियाँ उक्त कामगार के खाते में स्थानांतरित करने का आवेदन किया था। इस तरह, उस कर्मचारी को वेतन कटवाने की जरूरत नहीं पड़ी थी और वह अपनी पत्नी की सहायता के लिए ज्यादा समय भी निकाल पाया था। हालाँकि, यह सब कंपनी के घोषित नियमों का सरासर उल्लंघन था, फिर भी प्रशासनिक विभाग ने समय की जरूरत और कामगारों की सामूहिक भावना का आदर करते हुए उसके लिए विशेष प्रावधान करने का फैसला किया था।

ध्यान देने की बात है कि कामगारों ने सिर्फ अपने साथियों का ही खयाल नहीं रखा था, बल्कि वे अपनी मशीनों का भी ज्यादा ध्यान रखने लगे थे। इस कारण मशीनों की टूट-फूट कम हो गई थी, उनकी

मरम्मत में कम कल-पुरजों की लागत होने लगी थी और काम रुकने का समय काफी कम हो गया था। कंपनी को इसका यह लाभ मिला था कि संयत्र के रख-रखाव की लागत काफी कम हो गई थी और उत्पादन भी बढ़ गया था। इतना ही नहीं, उत्पादों की गुणवत्ता में जादुई सुधार हुए थे; ग्राहक सेवाएँ ज्यादा फुरतीली हो गई थीं और जब पहला साल बीता तो पता चला था कि कंपनी का सालाना कारोबार पिछले साल के मुकाबले 40 लाख डॉलर ऊपर चला गया था। चैपमैन ने अतिरिक्त राजस्व को नई प्रौद्योगिकियों में निवेश किया था और अगले चार वर्षों में कंपनी का सालाना कारोबार 2.20 करोड़ डॉलर (1976) से बढ़कर 7.10 करोड़ डॉलर (1980) के स्तर पर पहुँच गया था।

चौंकिए मत। अगले 35 वर्षों में बॉब चैपमैन ने दुनिया भर की कुल 70 कंपनियों का अधिग्रहण कर समूह के कारोबार को 10 सहायक कंपनियों में पुनर्गठित किया था और वर्ष 2015 तक बैरी-वेहमिलर को 1.8 अरब डॉलर का सालाना कारोबार करनेवाली विश्व व्यापी अभियांत्रिकी समूह में बदल दिया था चैपमैन ने इस क्रांतिकारी कारोबारी यात्रा के अनुभवों को अपनी पुस्तक 'एवरीबॉडी मैटर्स' (अक्तूबर 2015) में दर्ज किया है।

बॉब चैपमैन का 'सच्चा मानवीय नेतृत्व'

बॉब चैपमैन ने अपने अद्भुत कारोबारी दर्शन को 'सच्चा मानवीय नेतृत्व' (ट्रूली ह्यूमन लीडरशिप) नाम दिया है। चैपमैन बेधड़क यह घोषणा करता है, "जब लोगों को संगठन के अंदर के खतरों से निपटना पड़ता है, तब संगठन खुद भी बाहर से खतरों का सामना करने में कम सक्षम हो जाता है।"

तो सच्चा मानवीय नेतृत्व क्या करता है? चैपमैन का यही कहना है कि सच्चा मानव नेतृत्व अपने संगठन की कार्य-संस्कृति को तहस-नहस कर देने वाली आंतरिक प्रतिद्वंद्विता से सुरक्षित रखता है। जब

एक संगठन या कार्य समूह में हमें एक-दूसरे से सावधान रहना पड़े, अपनी रक्षा करनी पड़े तो हम अपने समूह या संगठन के बारे में क्या कुछ पाएँगे? इसके उलट, यदि संगठन या समूह के अंदर विश्वास एवं आपसी सहयोग की भावना को पनपने का मौका मिलता है तो हम एक-दूसरे को नजदीक खींचने लगते हैं; हमारे बीच सच्ची सहानुभूति का माहौल कायम होता है, हम सभी अपने काम में दिल व दिमाग दोनों झोंकने लगते हैं; उत्पादन बढ़ता है, सेवाएँ सुधरती हैं, कारोबार बढ़ता है और हमारा संगठन पहले से ज्यादा मजबूत होकर सामने आता है।

चैपमैन सीधे तौर पर यह तो नहीं कहता है कि सच्चे मानवीय नेतृत्व के अभाव में ही आजकल के अधिकांश कारोबारी संगठन आंतरिक प्रतिद्वंद्विता की भयानक बीमारी के शिकार हैं, लेकिन उसका इशारा साफ है। इस बात की बहुत अधिक आशंका है कि आप जिस कारोबारी संगठन के लिए काम कर रहे हों, वह भी इसी संकट से जूझ रहा हो? वैसे, किसी भी संगठन के नेतृत्व से बात कर देखिए, सभी यही दावा करते हैं कि वे आदर्श मानव-संसाधन प्रबंधन प्रणाली (ह्यूमन रिसोर्स मैनेजमेंट सिस्टम) पर काम कर रहे हैं। तो फिर, अधिकांश कंपनियाँ अपने कर्मचारियों को साथ बनाए रख पाने में क्यों विफल हो रही हैं? 'कार्य संतुष्टि' (जॉब सैटिस्फेक्शन) के अभाव में अधिकतर कर्मचारी मानसिक रोगों के शिकार क्यों बन रहे हैं? और भारी सार्वजनिक पूँजी झोंकने के बावजूद बड़ी-बड़ी निगमित कंपनियों की अधिकांश परियोजनाएँ क्यों विफल हो रही हैं। इन सभी सवालों का जवाब चैपमैन के कथन में मिलता है कि अधिकांश कंपनियाँ सच्चे अर्थों में मानवीय नेतृत्व नहीं प्रदान कर पा रही हैं। क्या यही कारण नहीं है कि दुनिया भर में एक तरफ करोड़ों कमानेवाले शीर्ष पेशेवर नेतृत्व की सूची लंबी होती जा रही है तो दूसरी तरफ बेरोजगारों की संख्या भी बढ़ती जा रही है?

लेकिन, आपसी प्रतिद्वंद्विता के इस भयानक दौर में भी बॉब चैपमैन जैसा व्यक्ति उभरकर सामने आता है; वह सच्चे मानवीय नेतृत्व को अपने कारोबारी सपनों का आधार बनाने की हिम्मत जुटाता है और फिर अपनी आश्चर्यकारी उपलब्धियों से दुनिया को चौंकाता है। तो चैपमैन को ऐसा कौन सा रहस्य पता चल गया था कि उसने अपने भीतर सच्चे मानवीय नेतृत्व को उभरने का मौका दिया था? जी हाँ, उसने मानव शरीर-रचना विज्ञान (ह्यूमन एनाटोमी) के आधारभूत तत्त्वों की बारीकी को समझने की कोशिश की थी। उसे पता चला था कि मानव शरीर के अंदर वैसी हर प्रकार की प्रणालियाँ मौजूद हैं, जो इस प्रजाति को जीवित बने रहने व फूलने-फलने में मदद करती हैं।

यही कारण है कि हजारों वर्ष पहले जब अन्य सभी आदिम प्रजातियाँ खत्म होती चली गई थीं, तब भी मानव प्रजाति न केवल खुद को जिंदा रख पाने में सफल रही थी, बल्कि हर संकट के बाद पहले से ज्यादा मजबूत बनकर उभरी थी। रोचक तथ्य यह भी है कि अन्य प्रजातियों की तुलना में मानव का अस्तित्व-काल अपेक्षाकृत काफी कम रहा है, फिर वह सबसे ज्यादा सफल रही है और पृथ्वी ग्रह पर एकमात्र अद्वितीय स्तनधारी प्राणी है। और, सच्चाई यह कि मानव प्रजाति इतना अधिक सफल रही है कि उसका हर फैसला पृथ्वी ग्रह के अन्य सभी प्राणियों के जीवित रहने या फूलने-फलने की क्षमता को प्रभावित करती है। इससे भी आगे बढ़कर, कुछ मानव समुदाय इतने शक्तिशाली हो गए हैं कि अपनी ही प्रजाति के अन्य मानव समुदायों के अस्तित्व की क्षमता को प्रभवित करने लगे हैं।

इस तरह, हम मानव प्रजाति के अंदर की प्रणालियाँ हमें न केवल बाहरी खतरों से रक्षा करती हैं, बल्कि हम जिस भी माहौल में रहते तथा कार्य करते हैं, उसमें हमारे सर्वोत्तम हितों के लिए जरूरी व्यवहार को दोहराने के लिए उत्साहित करती हैं। इसीलिए जब हम खतरा महसूस

करते हैं तो हमारी आंतरिक प्रतिरक्षा प्रणाली तेज हो जाती है और हम सचेत व्यवहार करने लग जाते हैं। इसके उलट, जब हम अपने लोगों या समुदायों या संगठनों में खुद को सुरक्षित महसूस करते हैं, तो हमारी आंतरिक प्रणाली स्वाभाविक आराम की स्थिति में आ जाती है और हम दूसरों पर विश्वास व सहयोग करने के लिए ज्यादा खुल जाते हैं।

उच्च कार्य-प्रदर्शन करनेवाले संगठनों, जहाँ पर काम पर आने के बाद लोग खुद को सुरक्षित महसूस करते हैं, का अध्ययन कुछ चौंकानेवाले तथ्य उजागर करते हैं। वहाँ की कार्य-संस्कृतियाँ बिल्कुल उन्हीं भयानक परिस्थितियों का सादृश्य निर्माण करती हैं, जिनमें कार्य करने के लिए आदिम मानव प्रजाति की रचना हुई थी। जी हाँ, मानव प्रजाति का उत्थान एवं विकास कभी भी शांतिपूर्ण माहौल में नहीं हुआ है। मानव प्रजाति हमेशा से ही ऐसी शत्रुतापूर्ण व प्रतिस्पर्धी दुनिया में काम करती आ रही है, जहाँ पर प्रत्येक समूह अनंत संसाधनों को हासिल करने की कोशिशों में जुटा रहा है। तो, हमारे अंदर की जो प्रणालियाँ हमें उन भीषण परिस्थितियों में एक प्रजाति के रूप में जीवित रहने और फलने-फूलने में मदद करती रही हैं, वही प्रणालियाँ संगठनों को भी जीवत रहने, फूलने-फलने एवं महान् उपलब्धियाँ हासिल करने में मदद करती हैं।

तो सामूहिक कार्य की सफलता का रहस्य न तो तथाकथित आधुनिक प्रबंधन सिद्धांतों में छुपा हुआ है और न ही सपने साकार करनेवाले कार्य समूहों में। यह बस, जीव विज्ञान (बायोलॉजी) व मानव विज्ञान (एंथ्रोपोलॉजी) का विषय है। यदि कुछ निश्चित शर्तें पूरी कर दी जाती हैं तो किसी संगठन के भीतर लोग खुद दूसरों के बीच में सुरक्षित महसूस करने लगते हैं और फिर वे उन चीजों को हासिल के लिए दूसरों के साथ मिलकर काम करने लग जाते हैं जो उन्होंने कभी अकेले हासिल नहीं की होता हैं। नतीजा यह निकलता है कि वह संगठन

तमाम प्रतिस्पर्धियों के बीच अपना झंडा बुलंद करने लगता है।

यही कुछ तो बॉब चैपमैन ने अपनी कंपनी बैरी-वेहमिलर में किया था। उसने अपनी फैक्टरी के कार्य-वातावरण में बदलाव के लिए कोई भारी-भरकम योजना नहीं बनाई थी बल्कि मामूली से बदलाव किए थे, जो जीव विज्ञान की सामान्य शर्तों को पूरा करती थीं। उसके चलते कंपनी में जो नई कार्य-संस्कृति विकसित हुई थी, वह कार्य समूहों को अपने सदस्यों के अंदर सर्वोत्तम बाहर निकालने में सक्षम बनाती थी। तो चैपमैन या उनके जैसे अन्य लोग अपने कार्य समूहों या उनके अंदर के लोगों को बदलने की कोशिश नहीं करते, बल्कि उन कार्य-परिस्थितियों में बदलाव कर देते हैं। आखिर चैपमैन जैसे लोग वैसी कार्य-संस्कृतियाँ बनाने में क्यों सफल हो जाते हैं, जो अपने लोगों को अपना सबकुछ दे देने को प्रेरित करती हैं? इसका सीधा जवाब इस तथ्य में छुपा हुआ है कि हम वही करते हैं, जो हम करना चाहते हैं, मतलब, चैपमैन जैसे लोग अपने कार्य-स्थल से खुद भी प्यार करते हैं और अपने आसपास वैसा ही स्वाभाविक मानवीय वातावरण निर्माण करते हैं, जिसमें खुद को भी आनंदित महसूस करते हैं।

अब सवाल यह उठता है कि हम जो भी करते हैं, वह क्यों करते हैं? अपनी शारीरिक संरचना पर ध्यान दीजिए तो आपको आसानी से पता चल जाएगा कि हमारे अंदर सारी प्रणालियों का विकास हमें भोजन खोजने, जीवित रखने और अपनी प्रजाति को उन्नत बनाने में मदद करने के लिए हुआ है। वैसे, जैसे मानव सभ्यता विकसित होती गई है, वैसे-वैसे हमारी भोजन खोजने तथा खुद को सुरक्षित रखने की व्यस्तताएँ कम होती चली गई हैं। अब हम कम-से-कम कंदराओं में रहनेवाले आदिम मानव प्रजाति की तरह तो नहीं ही हैं। अब हमें शिकार करके भोजन इकट्ठा करने की जरूरत नहीं पड़ती। अब हमें न तो खुद को जंगली जानवरों के भोजन बन जाने से और न ही दूसरे

मानव समूहों से अपने भोजन को सुरक्षित रखने की जरूरत पड़ती है। आधुनिक समाज में हमारी जरूरतें भी बदल गई हैं और सफलता के पैमाने भी। अब पेशेवर जीवन की उन्नति, खुशी व संतुष्टि ढूँढ़ने की कोशिशें ही हमारी सफलता की परिभाषा बन गई हैं। यदि हम अपने शरीर की आंतरिक कार्य-प्रणालियों को गौर से देखें तो साफ पता चलता है कि वे आज भी हजारों साल पहले आदिम मानव की तरह ही परिचालित हो रही हैं। हमारा आदिम मस्तिष्क अभी भी अपने आसपास की दुनिया को अपनी भलाई या सुरक्षा-प्राप्ति के अवसरों के खतरे के संदर्भ में ही देखती है। यदि हम समझ लेते हैं कि ये प्रणालियाँ किस प्रकार काम करती हैं तो हम अपने लक्ष्यों तक पहुँच सकने के लिए खुद को बेहतर उपकरणों से लैस कर सकते हैं। साथ ही, हम जिन समूहों में काम करते हैं, उन्हें भी सफल व उन्नतिशील बनाने के लिए ज्यादा सक्षम बना सकते हैं।

लेकिन आज की आधुनिक दुनिया में भी, जब हमने मानव संसाधन विकास व प्रबंधन की तथाकथित उन्नत प्रणालियाँ विकसित कर ली हैं, ऐसी कंपनियों व संगठनों की संख्या बहुत कम है, जो वास्तव में अपने कर्मचारियों का विश्वास हासिल कर पाने में और उन्हें अपना सबकुछ देने के लिए सुरक्षित माहौल दे पाने में सफल हो रही हैं। हकीकत यही है कि बहुसंख्यक कंपनियों व संगठनों की कार्य-संस्कृति के मानदंड हमारी स्वाभाविक जीव-वैज्ञानिक झुकावों के खिलाफ काम करते हैं। यही कारण है कि खुश, प्रेरित व परिपूर्ण महसूस करनेवाले कर्मचारियों को ढूँढ़ पाना बहुत ही मुश्किल होता जा रहा है। पेशेवर सेवाएँ देने वाली बहुराष्ट्रीय प्रतिष्ठान डेलॉयट के कार्य-संतुष्टि सर्वेक्षणों के मुताबिक दुनिया भर में 80 प्रतिशत से अधिक कर्मचारी अपनी नौकरियों से असंतुष्ट हैं। अब जरा कल्पना कीजिए कि जब काम करनेवाले लोग अपने कार्यों से ही संतुष्ट नहीं

हैं तो वे कैसा कार्य-उत्पादन कर पा रहे होंगे और वे जिन कंपनियों व संगठनों में नियुक्त हैं, उनका कारोबारी प्रदर्शन कैसा होता होगा? फिर भी, हम कंपनियों की सफलताओं को वर्षों या दशकों में नहीं, बल्कि तिमाही नतीजों से नापते हैं।

अब, सबसे बड़ा सवाल यह है कि यदि हमारा कारोबारी माहौल लोगों की बजाय छोटी अवधि परिणामों व लाभ राशि पर केंद्रित है तो हमारा विश्व समाज किस दिशा में आगे बढ़ रहा है? जब हमें कार्य-स्थलों में खुशी व अपनापन ढूँढ़ने के लिए संघर्ष करना पड़ता है तो हम उस संघर्ष को भी अपने घर के अंदर घसीट लाते हैं। तो क्या आधुनिक मानव समाज इसी विनाशकारी उपलब्धि के लिए संघर्ष कर रहा है? बिल्कुल नहीं। यह अपवाद नहीं, बल्कि नियम होना चाहिए कि अधिकतर लोग जब काम पर से घर लौटें तो खुद को प्रेरित, सुरक्षित, परिपूर्ण व आभारी महसूस करें। यह हमारा स्वाभाविक मानवाधिकार है और हम इसके हकदार हैं। यह कोई आधुनिक विलासिता नहीं है, जो चंद भाग्यशाली लोगों को उपलब्ध हो। जी हाँ, बॉब चैपमैन जब 'सच्चा मानवीय नेतृत्व' की बात करता है तो उसका मतलब यही है कि कर्मचारियों के साथ सचमुच में मानव जैसा व्यवहार हो, ताकि वे अपने स्वाभाविक मानवाधिकार को हासिल कर सकें। चैपमैन ने अपने संगठन में यही कुछ सुनिश्चित करने की कोशिश की है और ऐसी ही कोशिशें अन्य कंपनियों में की जाने की भारी जरूरत है। और, यही सामूहिक कार्य-संस्कृति की सफलता का रहस्य भी है।

आखिर ऐसा क्या हुआ था, जब बॉब चैपमैन को 'सच्चा मानवीय नेतृत्व' का बोध हुआ था? असल में, चैपमैन अपनी पत्नी के साथ गिरजाघर में आयोजित एक विवाह-समारोह को देख रहा था। दुलहन को अपनी तरफ बढ़ता देख दूल्हा खड़ा हुआ था। उनमें एक-दूसरे के प्रति प्यार का एहसास साफ नजर आ रहा था। वहाँ मौजूद सभी ने

उनकी इस भावना को महसूस किया था। फिर, सदियों से चली आ रही परिपाटी का पालन करते हुए पिता ने अपनी पुत्री का हाथ उसके भावी पति के हाथों में सौंप दिया था। चैपमैन को पहली बार इस पुरानी परिपाटी के पीछे का तर्क समझ आया था। एक पिता, जो अपनी बेटी की सुरक्षा के लिए कुछ भी कर सकता था, वही अब रस्मी तौर पर अपनी जिम्मेदारी किसी दूसरे के हाथों में सौंप रहा था। बेटी का हाथ सौंपने के बाद पिता वापस अपने आसन पर आ बैठा था। अब उसके चेहरे पर अद्‌भुत संतोष व भरोसे का भाव प्रकट हो रहा था। ऐसे लग रहा था, मानो वह अपनी वर्षों की जिम्मेदारी को बिल्कुल सही हाथों में सौंप आया था, जो अब आगे उसी की तरह उसकी बेटी की सुरक्षा करता रहेगा। चैपमैन को समझ में आ गया था कि यही बात हरेक कंपनी पर भी लागू होती है।

चैपमैन का मानना है कि हरेक कर्मचारी किसी का पुत्र या किसी की पुत्री है। हरेक माता-पिता अपने बच्चे को अच्छी जिंदगी, अच्छी शिक्षा तथा जिंदगी को खुशहाल बनानेवाले सारे हुनर सिखाने के लिए काम करता है, ताकि वे ईश्वर से आशीर्वाद के रूप में मिली अपनी सभी प्रतिभाओं का उपयोग कर पाने के काबिल बन सकें। उसके बाद जब वे माता-पिता अपने बच्चों के हाथ किसी कंपनी के हाथों में सौंपते हैं तो उनकी उम्मीद यही होती है कि अब वह कंपनी भी उनकी ही तरह उन बच्चों की देखभाल करेगी। चैपमैन ने कई अवसरों पर कंपनी के संचालक के नाते अपनी इस महान् जिम्मेदारी को घोषित किया था कि "वे हम लोग यानी कंपनियाँ हैं, जो अब उन अनमोल जिंदगियों के लिए जिम्मेदार हैं।

यही तो किसी भी समूह, कंपनी या संगठन का नेतृत्वकर्ता होने का मतलब होता है। क्या ऐसी मजबूत धारणा के बिना कोई नेतृत्वकर्ता अपने कार्य समूहों के सदस्यों से उनका सर्वोत्तम निकाल पाने की

उम्मीद कर सकता है? बिल्कुल नहीं। चैपमैन की धारणा भले ही समर्पित उपदेशकों जैसी लगती है, लेकिन क्या कोई नेतृत्वकर्ता अपने साथियों के पिता होने की जिम्मेदारी से बच सकता है? चैपमैन का स्पष्ट मत है कि नेतृत्वकर्ता अपने कर्मचारियों के लिए पिता की तरह ही होता है और जब वह अपने कर्मचारियों को पिता जैसी सुरक्षा प्रदान कर पाने में सक्षम होता है तो फिर कर्मचारी कंपनी को अपना नया घर समझने लगते हैं। जब कर्मचारियों को एहसास होता है कि कंपनी हर सुख-दुःख में उसके साथ खड़ी है तो वे कंपनी को अपना परिवार और अन्य कर्मचारियों को अपने सगे समझने लगते हैं। और, जब ऐसा होता है तो वे अपनी निष्ठा को प्रकट करने लिए अपने परिवार की तरह कंपनी को भी अपनी पहचान बना लेते हैं। तब कंपनी व कर्मचारी का भेद मिट जाता है और काम पारिवारिक जिम्मेदारी बन जाता है। और जब कर्मचारी अपनी कंपनी से परिवार व अन्य कर्मचारियों से सगे की तरह प्रेम करने लगता है, तभी सही मायने में कार्य-स्थलों में सामूहिक कार्य-भावना का विकास होता है और कार्य समूह अपने नेतृत्वकर्ता के सपने को पूरा कर पाता है।

आज के घोर पूँजीवादी युग में चैपमैन की बातें आध्यात्मिक प्रवचन जैसी लग सकती हैं। लेकिन, बड़ी विडंबना यही तो है कि असल में पूँजीवाद भी तभी बेहतर तरीके से काम कर पाता है, जब इसे मानव शरीर विज्ञान के आधार पर लागू किया जाता है। मतलब, जो पूँजीवादी व्यवस्था मनुष्य को अपनी जिम्मेदारियों को पूरा कर पाने का मौका देती है, वही ज्यादा कामयाब होती है। असल में, पूँजीवाद ऐसी आर्थिक व राजनीतिक प्रणाली है, जिसमें किसी देश का व्यापार व उद्योग सरकार की बजाय निजी मालिकों द्वारा लाभ के लिए नियंत्रित किया जाता है। हम इस परिभाषा का सही अर्थ निकाल पाने में अकसर चूक कर जाते हैं। माना कि पूँजीवाद का उद्‌देश्य लाभ कमाना है और

वह भी निजी नियंत्रण में; लेकिन लाभ मिलेगा कैसे? सीधा जवाब है कि जब कम लागत में ज्यादा उत्पादन होगा। अब अगला सवाल यह है कि ऐसा कब संभव होगा? जब निजी क्षेत्र अपने कर्मचारियों से ज्यादा उत्पादन ले पाएगा। और यह तब तक संभव नहीं हो पाएगा, जब तक वह कर्मचारियों के साथ सही मायने में मानवीय व्यवहार करेगा।

लेकिन, विडंबना यही है कि पूँजीवाद के लाभ सिद्धांतों पर चलने का दावा करनेवाली अधिकतर कंपनियाँ कर्मचारियों एवं उनकी प्रतिभा को कच्चा माल से ज्यादा कुछ नहीं मानतीं। लेकिन उनके नेतृत्वकर्ता इस सच्चाई को स्वीकार नहीं कर पाते कि कर्मचारी मनुष्य भी हैं, सिर्फ कच्चा माल नहीं। और, मनुष्य ऐसा कच्चा माल है, जो एक ही बार में इस्तेमाल नहीं होता, बल्कि उसे जितना भरोसा व प्यार मिलता है, वह ज्यादा बेहतर कच्चा माल साबित होता है तथा कम लागत पर बेहतर उत्पादन एवं बेहतर लाभ का कारण भी बन सकता है। आप किसी भी नवाचारी कंपनी का उदाहरण ले सकते हैं। वे अपने मानव-संसाधन को ही सही मायने में सबसे बड़ी पूँजी समझते हैं और उनकी देखभाल का सबसे अधिक ध्यान रखते हैं; क्योंकि वे मनुष्य की जादुई क्षमता को भी समझते हैं और उसकी संवेदनशीलता को भी समझते हैं। वे 'मनुष्य' को नहीं, बल्कि उसकी 'कार्यक्षमता' को कच्चा माल समझते हैं, जो सुरक्षित माहौल में आश्चर्यजनक रूप से बढ़ती है। जब कार्य-स्थल में मौजूद मनुष्य कर्मचारी खुद को सुरक्षित माहौल में पाता है तो दिल व दिमाग दोनों झोंककर अपने कर्तव्य को पूरा करने की कोशिश करता है। वह जहाँ कहीं भी खुद को कमजोर पाता है, वहाँ उसे अपना साथी हाथ बँटाने के लिए तत्पर मिलता है; फिर वह अपनी चिंता भूलकर अपने कार्य समूह या संगठन या कंपनी के लक्ष्य को हासिल करने के लिए अपनी जान भी जोखिम में डालने को तत्पर हो जात है।

कार्य-स्थल पर 'सुरक्षाचक्र' का निर्माण

आपने प्राचीन यूनान के दास कथाकार ईसप की दंतकथाएँ जरूर पढ़ी होंगी। उनमें एक लोकप्रिय कथा यह भी है। एक खेत में चार बैल चरा करते थे। वे इतने हृष्ट-पुष्ट थे कि उन्हें देखकर एक शेर के मुँह में पानी आ जाता था। वह शेर खेत के आसपास घात लगाकर बैठ गया था। लेकिन जब भी वह उन बैलों पर आक्रमण करता तो वे एक सुरक्षा-चक्र बना लेते थे। उनकी पूँछें पीछे हो जाती थीं और सींगें आगे तथा वे एक चक्र बनाकर घूमने लग जाते थे। ऐसे में शेर जिधर से भी आक्रमण करने की कोशिश करता था, उसे किसी-न-किसी बैल के सींगों का ही सामना करना पड़ता था। लेकिन कुछ समय बाद वे आपस में झगड़ने लगे थे और एक-दूसरे से अलग-थलग रहने लगे थे। शेर तो घात लगाए बैठा ही था। उसने एक पर आक्रमण किया था; लेकिन इस बार उसे बचाने बाकी तीनों बैल नहीं आए। वे खेत के अलग-अलग कोने में एक-दूसरे से बेपरवाह बैठे रहे थे। इस तरह शेर को उन्हें भी बारी-बारी से शिकार बनाने का मौका मिल गया था।

इस दंतकथा का भावार्थ यही है कि लोगों के एक समूह द्वारा उल्लेखनीय कार्य करने की क्षमता इस बात पर निर्भर करती है कि वे एक कार्य समूह के रूप में किस प्रकार से एकजुट होते हैं। लेकिन एकजुटता की यह भावना शून्य में नहीं पैदा होती है।

अपने आसपास की दुनिया पर नजर घुमाकर देखिए, तत्काल पता चल जाएगा कि हम हमेशा खतरों से घिरे हुए हैं। हमारे चारों तरफ ऐसी चीजों की भरमार है, जो हमारी जिंदगी को दयनीय बनाती हैं। लेकिन आपको यह भी एहसास होगा कि वे चीजें व्यक्तिगत रूप से आपको ही अपना निशाना नहीं बना रही हैं; वे तो सबके लिए बस वैसी ही हैं, जैसी कि उन्हें होना चाहिए। जरा ध्यान से देखिए, हमारे आसपास किसी भी समय, कहीं से भी और कितनी भी संख्या में ऐसी

शक्तियाँ बिना किसी प्रकार के विवेक के हमारी सफलता में बाधा पहुँचाने के लिए—यहाँ तक कि हमें मारने के लिए भी—काम करती नजर आ जाएँगी। जब हजारों वर्ष पहले हम लोगों के पूर्वज कंदराओं में रहते थे, तब बिल्कुल यही स्थितियाँ थीं। हमारे पूर्वजों को उन सभी प्रकार की चीजों से लगातार धमकियाँ मिलती रहती थीं, जो पृथ्वी पर उनके अस्तित्व को समाप्त कर सकती थीं। वे चीजों में जीवित रह पाने के संसाधनों के अभाव, जंगली आदमखोर जानवर या फिर भयानक मौसम भी शामिल हो सकते थे। लेकिन, यह सबकुछ किसी व्यक्ति विशेष के लिए नहीं था, तब बस जिंदगी ही वैसी थी। और, यही सच है कि वैसी ही जिंदगी आज भी जारी है; और आगे भी ऐसे ही जारी रहेगी। हमारे अस्तित्व के लिए खतरे निरंतर बने रहे थे, हैं और रहेंगे।

जहाँ तक आधुनिक युग, कारोबार व संगठन की बात है, हमें खतरों से मुकाबला करना पड़ता है। उनमें वास्तविक खतरे भी शामिल हैं और माने गए खतरे भी। शेयर बाजार में उतार-चढ़ाव आते रहते हैं और वे किसी कंपनी के कार्य-प्रदर्शन को प्रभावित कर सकते हैं। बाजार में कभी भी कोई नई प्रौद्योगिकी आ सकती है, जो पुरानी प्रचलित प्रौद्योगिकी को पछाड़ सकती है या फिर समूचे कारोबारी प्रारूप को ही रातोरात अप्रचलित कर सकती है। भले ही हमारे प्रतिस्पर्धी जान बूझकर हमारे खिलाफ काम नहीं कर रहे हों। फिर भी उनका बेहतर कार्य-प्रदर्शन हमारे लिए नुकसानदेह साबित हो सकता है। भले ही वे अपना ग्राहक आधार बढ़ाने की कोशिशें कर रहे हों, फिर भी वे हमारे ग्राहक-आधार में ही सेंधमारी कर रहे होते हैं और भले ही वे अपनी लाभदायकता को बढ़ाने में सफल हो रहे हों, फिर भी वे हमारे लिए घाटे की स्थिति को पैदा करने के कारण बन रहे होते हैं। इतना ही काफी नहीं है, ग्राहकों की अपेक्षाओं को पूरा करने की तात्कालिकता, उत्पादन व सेवा क्षमता का तनाव और अन्य बाहरी दबाव—सभी हमारे

कारोबार के खतरों में निरंतर अपना-अपना योगदान करते रहते हैं। ये सभी ताकतें प्रत्यक्ष या परोक्ष रूप से हमारे कारोबार की वृद्धि व लाभदायकता में बाधा पहुँचाने के लिए निरंतर काम कर रही होती हैं। लेकिन उन पर हमारा कोई नियंत्रण नहीं होता। वे कभी भी खत्म नहीं होने वाली हैं; वे कभी भी बदलने वाली नहीं हैं। क्योंकि वे जैसी थीं, वैसी अभी भी हैं और आगे भी वैसी ही बनी रहेंगी।

इन बाहरी ताकतों से भी ज्यादा खतनाक हैं आंतरिक ताकतें, जो हमारे संगठन के भीतर मौजूद रहती हैं और हम पर निरंतर दबाव भी बनाए रखती हैं। रोचक तथ्य यह है कि बाहरी ताकतों के उलट आंतरिक ताकतें परिवर्तनशील भी होती हैं और उन पर बाकायदा हमारा नियंत्रण भी होता है। कुछ खतरे वास्तविक होते हैं और वे तात्कालिक रूप से प्रभाव डाल सकते हैं; जैसे कि खराब तिमाही या वार्षिक प्रदर्शन के बाद होनेवाली छँटनी। इसी तरह, कई लोगों के सामने आजीविका छिन जाने का भी खतरा पैदा हो सकता था, जब वे कुछ नया करने की कोशिश में कंपनी की पूँजी ही गँवा बैठते हैं। कार्य-क्षेत्र में एक-दूसरे को पीछे धकेलकर आगे बढ़ने की प्रतिद्वंद्वितापूर्ण राजनीति भी निरंतर खतरे का माहौल बनाए रखती है। इसके अलावा कार्य-स्थल पर धमकी, अपमान, अलगाव, भावना-शून्यता, निरर्थकता व अस्वीकृति ऐसे दबाव हैं, जो कर्मचारियों की कार्य-क्षमता को बुरी तरह प्रभावित करते हैं।

लेकिन ये सभी ऐसे खतरे हैं, जिन्हें 'सच्चा मानवीय नेतृत्व' आसानी से नियंत्रित कर सकता है। ऐसा अपनी कंपनी के अंदर ऐसी सुरक्षात्मक कार्य-संस्कृति विकसित करता है, जो कर्मचारियों को आपसी प्रतिद्वंद्विता भुलाकर एक-दूसरे के साथ मिल-जुलकर रहने के लिए प्रेरित करता है और उनके बीच आपसी सहानुभूति का माहौल बनता है। जब नेतृत्वकर्ता अपने कर्मचारियों के लिए कार्य-स्थल पर

सुरक्षा-चक्र का निर्माण करता है तो वे दिल व दिमाग का उपयोग अपनी कंपनी की सुरक्षा में कर पाते हैं। याद रहे कि किसी कंपनी की ताकत व सहन-शक्ति उसके उत्पादों या सेवाओं से नहीं मिलती, बल्कि उनके कर्मचारियों की एकजुटता से मिलती है। कार्य समूहों का हरेक सदस्य इस सुरक्षा-चक्र को बरकरार रखने में महत्त्वपूर्ण भूमिका निभाता है और ऊपर बैठा नेतृत्वकर्ता यह सुनिश्चित करता है कि वह ऐसा करे। तो सामूहिक कार्य का यही रहस्य हैं कि नेतृत्वकर्ता किस प्रकार अपने लोगों के लिए सुरक्षा-चक्र निर्मित करता है और किस प्रकार हरेक को उसके भीतर रखता है।

□

2

नेतृत्व का रसायन-विज्ञान

मानव-विज्ञान पर आधारित नेतृत्व प्रदान करनेवाले नेतृत्वकर्ता मानव-शरीर के अंतर्निहित रसायन-विज्ञान को समझते हैं। हम अपने पेशेवर जीवन की प्रतिस्पर्धा बस यूँ ही घबरा जाते हैं। लेकिन, यदि हम मानव जाति के क्रमागत विकास की परिस्थितियों पर नजर दौड़ाएँ तो पता चल जाएगा कि वास्तव में प्रकृति ने मुश्किलों से मुकाबले के लिए ही हमारे शरीर की रचना की है।

हमारी कल्पना से भी ज्यादा भयानक परिस्थितियाँ थीं हमारे पूर्वजों के सामने। उनके पास जाड़े से बचने के लिए न तो कोई तापन प्रणाली (हीटिंग सिस्टम) थी, और न ही गरमियों से बचने के लिए वातानुकूलन प्रणाली (एयरकंडीशनिंग सिस्टम)। तब किसी प्रकार का कोई सुपरबाजार भी नहीं था कि जरूरत की हर चीज एक ही जगह मिल जाए। हरेक निवासी को किसी भी प्रकार के खाद्य के लिए भटकना या फिर शिकार करना पड़ता था। अपने अस्तित्व को बचाए रखना ही मनुष्य की सबसे बड़ी और एकमात्र चुनौती थी। हर दिन, हर पल आसपास ऐसा कुछ जरूर होता था, जो उन्हें नुकसान पहुँचा सकता था। पढ़ने-लिखने या नौकरी हासिल करने की चिंता अभी उनके जीवन का हिस्सा नहीं बनी थी। न तो कोई विद्यालय था

और न ही कोई अस्पताल। न तो कोई नौकरी थी और न ही कोई कंपनी। यहाँ तक कि कोई देश भी नहीं था तब।

जी हाँ, हम आज से करीब 50,000 साल पहले की बात कर रहे हैं, जब आधुनिक मानव जाति ने इस दुनिया में अपना पहला कदम रखा था। हमारे पूर्वज बिल्कुल भूखे-नंगे थे। उन्होंने अपने लिए जिस प्रकार के भी अवसर पैदा किए थे, वे सब उनकी इच्छा-शक्ति व कठिन परिश्रम से ही पैदा हुए थे। चूँकि उन्हें वह सब करना था, इसीलिए उन्होंने किया भी था। प्रकृति ने मानव जाति की रचना ही इस प्रकार से की थी कि वे भयानक खतरों एवं अपर्याप्त संसाधनों की परिस्थितियों से निपटने में सक्षम थे। पाषण-काल में भी मानव जाति वैसी ही थी, जैसी आज है। हमारे पूर्वज देखने में भी वैसे ही थे जैसे कि हम आज दिखते हैं; और वे भी उतने ही होशियार व सक्षम थे, जितने कि आज हम हैं। हाँ, उनके पास सिर्फ एक ही चीज नहीं थी और वह थी आधुनिक युग की सुख-सुविधाएँ। इसके अलावा वे हमारे-आपके जैसे ही थे।

मुश्किलों से जूझने के लिए ही बने हैं हम

मानव जाति का ज्ञात इतिहास साबित करता है कि मनुष्य का लगभग सबकुछ इस तरह से बनाया गया है कि वह कठिन-से-कठिन परिस्थितियों में भी खुद को जीवित रखने के साथ-साथ अपनी प्रजाति को भी आगे बढ़ा पाने में सफल हो सके। हमारा शरीर क्रिया विज्ञान (फिजियोलॉजी) और एक साथ मिलकर काम करने की जरूरत—दोनों हमारे अस्तित्व के साथ ही हमारे मस्तिष्क में मौजूद हैं। यही कारण है कि जब हम एक साथ मिलकर किसी खतरे का सामना करते हैं तो हमारे कार्य-प्रदर्शन की क्षमता अपने उच्चतम स्तर पर चली जाती है। लेकिन दुर्भाग्य यह है कि आज की निगमित कंपनियों के अधिकतर नेतृत्वकर्ता अपने कार्य समूहों को बाहरी चुनौतियों से

मुकाबला करने के लिए उत्साहित बनाए रखने के लिए आंतरिक रूप से कार्य-स्थल पर भी हमेशा आपात-स्थिति बनाए रखते हैं और वे 'स्वस्थ प्रतिस्पर्धा' के नाम पर आपसी प्रतिद्वंद्विता को हवा देते हैं। लेकिन जीव-विज्ञान (बायोलॉजी) व मानव-विज्ञान (एंथ्रोपोलॉजी) बताता है कि प्रतिद्वंद्विता हमारी स्वाभाविक सामूहिक कार्य-भावना को नुकसान पहुँचाती है और कार्य-स्थल में अविश्वास व असुरक्षा का माहौल बनाती है। और, जब मनुष्य अपने ही लोगों से खुद को असुरक्षित महसूस करने लगता है तो बाहरी चुनौती मुकाबला करने की बजाय उसकी शक्ति अपनों के बीच खुद को बचाए रखने की कोशिशों में ही खत्म हो जाती है।

जरा अपने पूर्वजों के बारे में गौर कीजिए कि उन्होंने भयानक विपरीत परिस्थितियों में कैसे खुद को तथा अपनी संतानों को बचाए रखा था, जबकि वे अन्य विलुप्त हो चुके प्राणियों के मुकाबले आकार-प्रकार व शारीरिक शक्तियों में काफी कम थे। उनके पास ऐसी क्या चीज थी, जो अन्य प्राणियों में नहीं थी? मनुष्य जाति के पास जो सबसे अनोखी चीज रही है, वह है 'नियोकॉर्टेक्स'। यह मस्तिष्क की बाहरी परत (सेरेब्रल कॉर्टिक्स) का बहुत ही जटिल हिस्सा है, जो मनुष्य को अपनी समस्याओं को सुलझाने तथा विवेकशील संचार की क्षमताएँ प्रदान करता है। वैसे तो अन्य जानवरों में भी संचार की क्षमता है, लेकिन प्रकृति ने वाक्य-रचना एवं व्याकरण की क्षमता सिर्फ मनुष्य को ही प्रदान की है। लेकिन मनुष्य जाति के जीवित बने रहने तथा अपनी संतति को लगातार विकसित बनाए जाने का सबसे महत्त्वपूर्ण कारण है, वह है एक-दूसरे के साथ उसकी सहयोग करने की असाधारण क्षमता। मानव ही सबसे अधिक सामाजिक प्रजाति है, जिसकी जीवित बने रहने की क्षमता एवं समृद्ध बनाने की योग्यता दूसरों की मदद पर निर्भर करती है।

प्रकृति ने हमें एक-साथ मिलकर काम करने, एक-दूसरे को मदद करने और सुरक्षित रखने की अद्‌भुत योग्यता प्रदान की है। हमारी यह योग्यता बहुत ही अच्छी तरह से काम करती आ रही है। यही कारण है कि हम अपने अस्तित्व की रक्षा भी करते रहें और अपनी संतति को लगातार बड़ा व समृद्ध बनाने में भी सफल होते चले गए। ध्यान दीजिए, हाथी भी अपना अस्तित्व बचा पाने में सफल रहा; लेकिन वह आज भी लगभग वैसा ही है जैसा कि लाखों वर्ष पहले था। लेकिन हमारी जिंदगी 50,000 वर्ष पहले के मुकाबले पूरी तरह से बदल गई है। गौर कीजिए, प्रकृति ने मानव प्रजाति को इस तरह बनाया था कि वह खुद को अपने वातावरण के अनुरूप ढाल सके। लेकिन, हमारी मानव जाति एक साथ मिलकर काम करने तथा समस्याओं को सुलझा पाने में इतने अच्छे रहे थे कि धीरे-धीरे अपने वातावरण को ही अपने अनुरूप ढालते चले गए। अर्थात्, हम आपसी सहयोग व बुद्धिमत्ता के बल पर अपनी परिस्थिति को ही अपने अनुरूप बना पाने में सफल होते रहे।

लेकिन, हमारी सबसे बड़ी समस्या या विशेषता ही यह है कि हम अपनी आधारभूत आनुवंशिक संकेत-लिपि (बेसिक जेनेटिक कोड) को नहीं बदल सके। हम अभी भी वही हैं, जो 50,000 साल पहले थे। हमारा कार्य-व्यवहार कभी भी नहीं बदला। हमारे आपसी सहयोग की भावना कभी भी नहीं बदली और एक-दूसरे पर हमारी निर्भरता की स्थिति नहीं बदली। अर्थात्, हमने अपने सामूहिक कार्यों से अपनी परिस्थितियों को अपने काबू में कर लिया; हमने अपने आसपास की दुनिया को संसाधन-संपन्न बना लिया, लेकिन स्वयं को नहीं बदल पाए। हम आज भी भावुक व सामाजिक मनुष्य ही हैं, जो एक-दूसरे के साथ सहयोग किए बिना, एक-दूसरे की रक्षा की कोशिश किए बिना एक पल भी नहीं रह सकता। याद रहे कि

जो हमारी शक्तियाँ हमें खुद को लाभदायक स्थितियों में रखने में सफल बनाती हैं, वही हमारे लिए समस्याएँ भी पैदा करती हैं। कोई भी उपलब्धि शून्य में पैदा नहीं होती हमें उसकी कीमत भी चुकानी पड़ती है।

मानव जाति की पारस्परिक रासायनिक निर्भरता

मानव जाति हमेशा से समूहों में ही निवास करती रही थी। और, रोचक तथ्य यह भी है कि उन समूहों में रहनेवालों की अधिकतम संख्या 150 के आसपास ही होती थी। ऐसा इसलिए था कि समूह का हर व्यक्ति दूसरे को जानता-समझता था और एक-दूसरे पर भरोसा रखते थे। वे ऐसा इसलिए भी करते थे, क्योंकि समूह में रहना उनके व्यक्तिगत हितों के लिए भी जरूरी था। पुरुषों का दल एक साथ मिलकर शिकार पर निकल जाया करता था, तो बाकी समुदाय एक साथ मिलकर बाल-बच्चों का पालन-पोषण और बीमार व बूढ़े लोगों की देखभाल किया करता था।

जैसा कि किसी भी कार्य समूह में होता है, तब भी उन मानव-समूहों के सदस्यों में टकराव की स्थितियाँ आती थीं। लेकिन, जब बाहरी खतरों से लड़ने की नौबत आती थी तो वे अपने सारे मतभेदों को किनारे कर देते थे और उन खतरों से एक साथ मिलकर निपटते थे। यह बिल्कुल वैसा ही था, जैसे कि आपस में अकसर लड़ते-झगड़ते रहनेवाले सहोदर अपने किसी पर आनेवाले खतरे से निपटने के लिए आपसी मन-मुटाव को भूलकर एकजुट हो जाते हैं। यह हमारा मानवीय स्वभाव ही है कि हम अपनों को सुरक्षित रखने के लिए हमेशा ही तत्पर हो जाते हैं। ऐसा न करना हमारे मनुष्य होने की स्वाभाविकता के खिलाफ जाता है। साथ ही, अस्तित्व बनाए रखने और विकसित होने की सामूहिक योग्यता को भी नुकसान पहुँचता है।

यही कारण है कि आज भी राजद्रोह को हत्या जैसा दंडनीय

अपराध माना जाता है। चूँकि हम अपने अस्तित्व की रक्षा की योग्यता को सबसे महत्त्वपूर्ण मानते आए हैं, इसीलिए हम आपसी भरोसे की भावना को भी गंभीरता से लेते हैं। मानव जाति की आश्चर्यकारी सफलताएँ इस तथ्य को उजागर करती हैं कि प्रतिस्पर्धा व व्यक्तिवाद की तुलना में आपसी सहयोग व सहायता ज्यादा कारगर होती है। हमारे पूर्वज बहुत अच्छी तरह से जानते-समझते थे कि जब उन्हें पहले से ही प्रकृति की कठिनाइयों, सीमित संसाधनों तथा अन्य बाहरी खतरों से लगातार संघर्ष करना पड़ रहा था तो वे आपस में लड़-झगड़कर अपनी मुसीबत को क्यों बढ़ाएँ? इसीलिए, सामूहिकता व सामुदायिकता की भावना को कायम रखना उनकी बुनियादी जरूरत बन गई थी और यह सब उनके स्वभाव का ही हिस्सा बनता चला गया था।

यही कारण था कि चाहे वे अमेजन के वर्षा वन हों या फिर अफ्रीका के खुले मैदानी इलाके, सभी जगह सहकारी ग्रामीण जीवन ही मौजूद रहे थे। तो बहुत साफ है कि हमारे पूर्वजों के अस्तित्व एवं सफलता के अवसरों को भौतिक वातावरणों ने नहीं, बल्कि हमारी प्रजातियों के जीव-विज्ञान तथा मानव होने की उनकी स्वयं की संरचना ने निर्धारित किया था। इस तरह मानव सभ्यता के विकास की नीव है आपसी सहयोग की भावना। चूँकि विश्व के अलग-अलग हिस्सों में विकसित हुए मानव-समुदायों को अलग-अलग विशिष्ट परिस्थितियों से मुकाबला करना पड़ा था, इसलिए उनकी जीवन-शैलियाँ व सभ्यताएँ भी अलग-अलग विशेषताओं के साथ विकसित हुई थीं। लेकिन एक-दूसरे का सहयोग करना और एक-दूसरे से सहायता लेना पृथ्वी ग्रह पर मौजूद हर मानव का जन्मजात स्वभाव रहा था। और, हम आधुनिक मानवों ने भी अपने पूर्वजों से ही उत्तराधिकार के रूप में 'सहयोग करने तथा सहायता लेने' का अपना जन्मजात

स्वभाव हासिल किया है।

तो, हम लोग सामाजिक प्राणी हैं और सामाजिक होना जितना हजारों वर्ष पहले महत्त्वपूर्ण था, उतना आज भी है। यह हमारे विश्वास का निर्माण करने तथा उसे बनाए रखने और एक-दूसरे के बारे में जानने-समझने का महत्त्वपूर्ण तरीका था। जब हम काम नहीं कर रहे होते हैं, तब हम एक-दूसरे को जानने के लिए समय बिताते हैं। वही हमारे बीच विश्वास का बंधन कायम करता है। यह बिल्कुल वही कारण है कि हम एक साथ मिलकर खाना खाने तथा परिवार के रूप में काम करने को सचमुच महत्त्वपूर्ण क्यों मानते हैं। सम्मेलन, वनभोज एवं अन्य प्रकार के सामूहिक आयोजन भी इसीलिए बहुत महत्त्वपूर्ण माने जाते हैं कि कर्मचारियों को आपस में खुलकर बातचीत करने और एक-दूसरे को जानने-समझने का मौका मिलता है। हम जितना एक-दूसरे से परिचित होते जाते हैं, हमारे बीच उतना ही मजबूत रिश्ता कायम होता जाता है। संगठनों के नेतृत्वकर्ताओं के लिए भी सामाजिक विचार-विमर्श उतना ही महत्त्वपूर्ण होता है। कार्यालय में बैठकों के अलावा कर्मचारियों के बीच घूमना-फिरना और उन्हें बातचीत में शामिल करना भी आपसी समझदारी व विश्वास के बंधन को मजबूत बनाता है।

यदि आपको विद्यालय या महाविद्यालय के छात्रावास में अन्य विद्यार्थियों के साथ रहने का मौका मिला है तो आपके लिए यह समझना आसान होगा कि एक-दूसरे के साथ बिना मतलब के भी समय बिताना कितना महत्त्वपूर्ण होता है। यही कारण है कि हम बचपन के साथियों और विद्यालय-महाविद्यालय के दोस्तों को आजीवन नहीं भूल पाते, भले ही उनसे कितने भी समय के लिए और कितने ही दूर क्यों न हो जाएँ। इस तरह, यह साबित होता है कि मानव प्रजाति के रूप में हमारी सफलता हमारे भाग्य का नतीजा नहीं थी, बल्कि यह

हमारे द्वारा कमाई गई थी। मानव के रूप में हम आज जहाँ पहुँचे हैं, उसके लिए हमारे पूर्वजों ने बहुत ही कठिन परिश्रम किया था और वह सबकुछ एक-दूसरे के साथ मिल-जुलकर किया था। जी हाँ, हम लोग एक साथ मिलकर काम करने के लिए निर्मित हुए हैं। हम लोग एक-दूसरे के बहुत ही गहरे व जीव-वैज्ञानिक स्तर पर जुड़े हुए सामाजिक यंत्र (सोशल मशीन) हैं। यही कारण है कि जब हम एक-दूसरे की मदद करते हैं और हमारा शरीर हमारी कोशिशों के लिए हमें पुरस्कृत करता है कि हम इसे लगातार जारी रख सकें।

क्या आपने कभी गौर किया है कि हमारा शरीर हमारी कोशिशों के लिए हमें कैसे पुरस्कृत करता है? याद रहे कि हमारा हर प्रकार का मनोवैज्ञानिक विकास परीक्षण व त्रुटि (ट्रायल ऐंड एरर) की लंबी प्रक्रिया से गुजरकर संभव हुआ है। प्रकृति ने बेहद संवेदनशील स्वाद कलिकाओं (टेस्ट बड्स) के साथ हमारी जीभ की रचना की है। लेकिन, स्वाद कलिकाओं की रचना सिर्फ इस काम के लिए नहीं की गई है कि हम विभिन्न प्रकार के स्वादिष्ट व्यंजनों व पेय पदार्थों का आनंद ले सकें। इन स्वाद कलिकाओं का मुख्य काम पाचन-तंत्र (डाइजेस्टिव सिस्टम) को यह संकेत भेजना है कि वह हमारे द्वारा निगले जा रहे पदार्थों को सबसे अच्छे तरीके से पचाने के लिए किस प्रकार के 'एंजाइम' (विभिन्न प्रकार की जैव-रासायनिक प्रतिक्रियाओं को घटाने-बढ़ाने के लिए जरूरी विशिष्ट उत्प्रेरक पदार्थ) का प्रवाह करे। जी हाँ, यह बिल्कुल वैसे ही काम करता है, जैसे कि हमारी नाक मस्तिष्क को सूचित करती है कि कहीं खाद्य पदार्थ दूषित तो नहीं है। इसी प्रकार, प्रकृति ने हमारी भौंहों की रचना इसलिए नहीं की है कि हम सुंदर दिखें। भौंह इस जरूरी काम के लिए बनी हुई है कि वह शिकार के पीछे दौड़ते या शिकार हो जाने से बचने के लिए भागते समय हमारे चेहरे से निकलनेवाले पसीने के प्रवाह को आँखों

में न जाने दे। इस तरह, प्रकृति ने हमारे शरीर के प्रत्येक अंग-प्रत्यंग की रचना एक विशिष्ट कार्य के लिए की है, जो हमें अपने अस्तित्व को बचाए रखने में मदद करती है।

ये सारी चीजें बिल्कुल वैसे ही काम करती हैं, जैसे कोई माता-पिता, शिक्षक या प्रबंधक बखूबी जानता है कि वह अपनी संतान, विद्यार्थी या कर्मचारी को अपेक्षित व्यवहार या परिणाम के लिए किस प्रकार का प्रलोभन या धमकी दे। वे जानते हैं कि हम पुरस्कार हासिल करने के लिए अपने काम पर ध्यान केंद्रित करेंगे। बच्चों या छात्रों को पता नहीं चलता है कि उनके माता-पिता या शिक्षक पुरस्कार व दंड प्रक्रिया (रिवॉर्ड एंड पनिशमेंट प्रोसेस) से किस प्रकार उनके व्यवहार को अनुकूलित कर रहे हैं। लेकिन, वयस्क कर्मचारी के रूप में हम पूरी तरह सचेत होते हैं कि जब हमारी कंपनी हमें प्रोत्साहन राशि की पेशकश करती है तो उसका उद्देश्य क्या होता है। हम अच्छी तरह से जानते हैं कि हमें अतिरिक्त लाभ तभी मिल सकेगा, जब हम अपेक्षित नतीजे हासिल कर सकेंगे। और, सच्चाई यही है कि पुरस्कार व दंड प्रक्रिया लगभग हमेशा ही सफलतापूर्वक काम करती है।

रोचक तथ्य यह है कि प्रकृति ने भी हमसे अपेक्षित नतीजे हासिल करने के लिए पुरस्कार व दंड प्रक्रिया से हमें अनुकूलित किया है। अब अपने शरीर-विज्ञान पर ही ध्यान दीजिए तो पता चलता है कि हमारे काम करने की कुशलता को बढ़ाने और एक-दूसरे के साथ सहयोग करने के लिए हमारे शरीर ने खुशी, अभिमान, आनंद या चिंता जैसी सकारात्मक व नकारात्मक भावनाओं की प्रणाली बनाई हुई है। जब हम स्वयं अपने व अपने आसपास के लोगों को जीवित रखने तथा देखभाल करने के लिए काम करते हैं तो हमारा शरीर हमें विशेष प्रकार के रसायनों से पुरस्कृत करता है, यानी हमारा शरीर अपने भीतर ऐसे रसायन छोड़ता है, जो हमारी अच्छी भावना

या खुशी के एहसास के लिए उत्प्रेरक का काम करता है। जी हाँ, हजारों वर्ष पहले के मानव की तरह हम आज भी पूरी तरह से उन्हीं जीव-वैज्ञानिक रसायनों पर निर्भर हैं।

हमारे शरीर में मुख्य रूप से एंडॉर्फिन, डोपामाइन, सेरोटोनिन व ऑक्सीटॉक्सिन नामक चार प्रकार के प्राथमिक उत्प्रेरक रसायन (प्राइमरी कैटालिस्ट केमिकल) यानी एंजाइम मौजूद हैं, जो हमारी सकारात्मक भावनाओं में योगदान करते हैं। ये रसायन अकेले भी काम करते हैं और संयुक्त रूप से भी। इसकी खुराक मात्रा कम भी हो सकती है और ज्यादा भी। और हम खुशी, अभिमान या आनंद की भावनाओं का जिस भी मात्रा में अनुभव करते हैं, उन सभी के आधारभूत कारण ये रसायन व उनकी कम-ज्यादा खुराक ही हैं। प्रत्येक स्थिति में हमारा शरीर इन रसायनों की निश्चित खुराक को हमारी नसों में भेजता है। और, जब यह रसायन खून में मिलकर हमारे शरीर में दौड़ता है तो हम एक विशेष भावना को महसूस करते हैं। याद रखें कि प्रकृति ने हमारे शरीर में इन रसायनों की उपस्थिति और उनके स्राव की प्रणाली सिर्फ इसलिए नहीं सुनिश्चित व विकसित की है कि हम सकारात्मक भावनाओं को अनुभव करें, बल्कि इन रसायनों का वास्तविक व व्यावहारिक उद्देश्य है—हमारी उत्तरजीविता यानी अपने अस्तित्व को बनाए रखने की हमारी क्षमता की सुरक्षा।

वैसे, मानव होना भी अपने आप में एक प्रकार का विरोधाभास ही है। मानव जाति हमेशा से व्यक्ति विशेष के रूप में तथा समूहों के सदस्यों के रूप में मौजूद रही है। अर्थात्, व्यक्ति विशेष अपने आप में अकेला भी है और कइयों के समूह का हिस्सा भी। यह मानव जाति में जन्मजात रूप से अंतर्निहित हितों के टकराव (कॉनफ्लिक्ट ऑफ इंटरेस्ट) का कारण भी है। जब भी हम कोई फैसला करते हैं या कोई काम करते हैं तो स्वाभाविक रूप से अपने व्यक्तिगत हितों

को सबसे ज्यादा ध्यान में रखते हैं। और हमारे ये व्यक्तिगत हित अकसर हमारे समुदाय या सामूहिक हितों के खिलाफ चले जाते हैं। ऐसे में, मानव समुदाय के रूप में या किसी कार्य समूह के सदस्य के रूप में हमें यह विशेष ध्यान रखने की जरूरत पड़ती है कि कहीं हमारा व्यक्तिगत हित हमारे सामुदायिक या सामूहिक हितों के खिलाफ न हो जाए। ऐसे में, जब हम विशेष रूप से खुद को ही आगे बढ़ाने के लिए काम करते हैं तो वह हमारे समूह को चोट भी पहुँचा सकता है। इसके उलट, यदि हम विशेष रूप से अपने समूह को आगे बढ़ाने के लिए काम करते हैं तो हमें अपने व्यक्तिगत हितों की कीमत भी चुकानी पड़ सकती है।

मानव जाति में हितों के टकराव का वास्तवितक कारण उसके जीव-विज्ञान (बायोलॉजी) में ही मौजूद है। हमारे शरीर में मौजूद चार प्राथमिक उत्प्रेरक रसायनों में से दो हमें भोजन खोजने तथा काम को पूरा करने में मदद करता है तो बाकी दो रसायन हमें सामाजिक रूप से सक्रिय होने एवं सहयोग के लिए प्रेरित करता है। एंडॉर्फिन व डोपामाइन ऐसे दो एंजाइम हैं, जो हमें व्यक्ति विशेष के रूप में अपनी व्यक्तिगत जरूरतों यानी भोजन खोजना व उसे सुरक्षित रखना, आश्रय बनाने, औजारों का अविष्कार करने और आगे बढ़कर काम को पूरा करने के लिए प्रेरित करते हैं। इन रसायनों को हम 'स्वार्थी रसायन' (सेल्फिस केमिकल) भी कह सकते हैं। बाकी दो एंजाइम सेरोटोनिन व ऑक्सीटॉक्सिन ऐसे हैं, जो हमें एक साथ मिलकर समूह में काम करने और विश्वास व निष्ठा की भावना को विकसित करने में मदद करते हैं। इन रसायनों को हम 'निस्स्वार्थी रसायन' (सेल्फलेस केमिकल) भी कह सकते हैं। ये रसायन हमारे सामाजिक बंधन को मजूबत बनाते हैं, ताकि हम एक साथ मिलकर तथा सहयोग के साथ काम करें। और, यही वह भावना है, जो समूह के रूप में हमें

अपने अस्तित्व को बनाए रखने तथा अपनी संतति को आगे बढ़ाने में मदद करती है।

स्वार्थी रसायनों के बिना भूखे मर जाते हम

यदि हमारे शरीर में दो स्वार्थी रसायन—एंडॉर्फिन व डोपामाइन—नहीं होते तो हमारे पूर्वज हजारों वर्ष पहले ही भूखे मर चुके होते और आज हम उनका यशोगान कर पाने के लिए बचे नहीं रहे होते तथा हमारी सभ्यता इस मुकाम पर नहीं पहुँची होती।

एंडॉर्फिन का एक ही काम है—शारीरिक दर्द को ढँकना। प्रकृति ने इस रसायन के रूप में हमें व्यक्तिगत नशा प्रदान किया है। जब हम तनाव या डर महसूस करते हैं, तब मस्तिष्क व तंत्रिका तंत्र के भीतर मौजूद एंडॉर्फिन हार्मोन समूह का स्राव शुरू हो जाता है। यह हमें बिल्कुल अफीम जैसा नशा कर हमारे दर्द को ढँक देता है। कठिन शारीरिक अभ्यासों के दौरान या उसके बाद अधिकतर खिलाड़ियों में जो उत्साह देखने को मिलता है, उसका असल कारण एंडॉर्फिन ही है, जो उनके नसों में तेजी से दौड़ रहा होता है। यही वह रसायन है, जिसके चलते धावक या अन्य खिलाड़ी अपनी शारीरिक सहन-शक्ति को उच्च स्तरों पर ले जाते हैं और फिर आश्चर्यजनक प्रदर्शन कर हमें चौंका पाने में सफल हो पाते हैं। ध्यान रहे कि खिलाड़ी ऐसा इसलिए नहीं करते हैं कि उन्हें कड़े अनुशासन में रहते हुए ऐसा करना पड़ता है, बल्कि वे इसलिए करते हैं कि उन्हें ऐसा करने में आनंद महसूस होता है। वे अपनी उच्चतम सहन-शक्ति से प्यार करते हैं और उसे हासिल करने के लिए तरसते हैं। ध्यान रहे कि एंडॉर्फिन के स्राव के जीव-वैज्ञानिक कारण का शारीरिक अभ्यास से कोई लेना-देना नहीं होता, बल्कि उसका लेना-देना सिर्फ व्यक्ति विशेष (खिलाड़ी) के अस्तित्व से जुड़ा हुआ है।

यदि हम अपने पूर्वजों के जीवन की जरूरतों पर नजर दौड़ाएँ तो

इसका व्यावहारिक कारण साफ होता है कि प्रकृति ने मनुष्य को इस नशीले रसायन एंडॉर्फिन की सौगात क्यों दी थी। क्योंकि, एंडॉर्फिन की बदौलत मानव शारीरिक सहन-शक्ति की वैसी उल्लेखनीय क्षमता हासिल कर सकता था, जो उसके अस्तित्व की रक्षा के लिए बहुत जरूरी था। जरा सोचिए, यदि यह रसायन न होता तो पाषाण युग में हमारे पूर्वजों में उतनी शारीरिक सहन-शक्ति कैसे आती? वे शिकार के पीछे मीलों तक कैसे दौड़ने के बाद भी शिकार को अपनी पीठ लादकर अपने निवास स्थानों तक वापस लौट पाते? यदि हमारे शिकारी पूर्वज थक जाते होते तो उनके समुदाय के अन्य लोगों को नियमित रूप से भोजन कैसे मिल पाता और वे कब तक जिंदा रह पाते? तो, प्रकृति ने हमारे पूर्वजों को 'एंडॉर्फिन' के रूप में विशेष प्रकार का प्रोत्साहन पुरस्कार दिया था, ताकि वे अपने अस्तित्व की रक्षा और अपनी संतति के विकास के लिए भोजन जुटाने के अपने काम में लगातार उत्साहित बने रहें।

लेकिन ध्यान देने की बात यह है कि हमारे पूर्वज सिर्फ इसीलिए शिकार पर नहीं जाते थे कि अपने व अपने समुदाय के लिए नियमित तौर पर भोजन जुटाना उनकी मजबूरी थी, बल्कि कठिन परिश्रम करना उन्हें अच्छा लगता था। ठीक उसी तरह, जैसे दिन भर तनावपूर्ण काम के बाद हम व्यायामशाला में कसरत कर अपने शरीर को सुस्ताने का मौका देते हैं। यदि आपको कसरत के आनंद की आदत पड़ जाती है तो आप उसके लिए तरसने लग जाते हैं; क्योंकि तब तक प्राकृतिक नशा 'एंडॉर्फिन' आपको अपनी गिरफ्त में ले चुका होता है। चूँकि आज के युग में भोजन खोजने के लिए ज्यादा मेहनत की जरूरत नहीं पड़ती, इसलिए हमारा शरीर इस काम के लिए हमें 'एंडॉर्फिन' का पुरस्कार नहीं देता। फिर भी, हम कसरत जैसी शारीरिक मेहनत से 'एंडॉर्फिन' का पुरस्कार हासिल कर सकते हैं।

क्या आपने कभी सोचा है कि हम ठहाका क्यों लगाते हैं और इस काम में हमें क्यों आनंद मिलता है? इसका उत्तर आपको जगजीत सिंह की लोकप्रिय गजल की इन पंक्तियों में मिल सकता है—'तुम इतना जो मुसकरा रहे हो; क्या गम है जिसको छुपा रहे हो।' जी हाँ, हम इसीलिए जोर-जोर से हँसते हैं कि हम अपने शारीरिक दर्द या मानसिक तनाव को छुपाने की कोशिश करते हैं। चूँकि हँसते समय हमारा शरीर 'एंडॉर्फिन' छोड़ता है और उसके नशे में हम अपने मस्तिष्क व शरीर के अन्य अंगों की ऐंठन को महसूस नहीं करते हैं।

'डोपामाइन' दूसरा महत्त्वपूर्ण रसायन है, जिसे प्रकृति ने हमें हमारे विकास के लिए महत्त्वपूर्ण कार्य करने के पुरस्कार के रूप में प्रदान किया है। जब हम किसी जरूरी काम, महत्त्वपूर्ण परियोजना या बड़े लक्ष्य को पूरा करते हैं, तब मस्तिष्क व तंत्रिका तंत्र के भीतर मौजूद 'डोपामाइन' हार्मोन समूह का स्राव शुरू हो जाता है, जो हमें संतोष का अनुभव प्रदान करता है। हम बखूबी जानते हैं कि जब हम जरूरी कार्यों को पूरा करते हैं तो हमें विकास या उपलब्धि का एहसास होता है, और यह सबकुछ 'डोपामाइन' के कारण होता है। लेकिन, क्या आपने सोचा है कि प्रकृति ने मानव को इस रसायन का उपहार क्यों दिया है?

गौर कीजिए, जब कृषि का विकास नहीं हुआ था, तब मानव जाति को अपने अगले भोजन की कितनी चिंता करनी पड़ती होगी। यदि मानव समूह ने शिकार करने तथा भोजन जुटाने के काम में लगातार अपना ध्यान केंद्रित नहीं रखा होता तो उसका भविष्य क्या होता? उसका अस्तित्व कब का नष्ट हो चुका होता; मानव सभ्यता का विकास न हुआ होता और तब हमारा भी कोई निशान न होता। प्रकृति ने इस काम के लिए बहुत ही चतुर व्यवस्था की थी। क्या आपने कभी सोचा है कि हमें भोजन करना क्यों अच्छा लगता है?

क्योंकि हम भोजन से ही 'डोपामाइन' प्राप्त करते हैं। और, चूँकि हमें भोजन करना अच्छा लगता है, इसीलिए हम भोजन जुटाने के कार्य को बार-बार, लगातार दोहराते हैं। यह 'डोपामाइन' ही है, जिसने मानव को विकास के पूर्वग्रह के साथ 'लक्ष्य-उन्मुखी' (गोल ओरिएंटेड) प्रजाति बनाया है।

यही कारण है कि जब हमें कोई अनजान लक्ष्य दिया जाता है तो हमारे मस्तिष्क व तंत्रिका तंत्र में 'डोपामाइन' की छोटी खुराक का स्राव होता है और हम अपनी दूरदृष्टि से उस लक्ष्य की कल्पना करने लगते हैं। जब पहली खुराक का असर खत्म होने लगता है तो फिर 'डोपामाइन' की दूसरी छोटी खुराक का स्राव होता है और हम उस लक्ष्य की दिशा में आगे बढ़ने लगते हैं। और यह सिलसिला तब तक चलता रहता है, जब तक कि हम उस लक्ष्य को प्राप्त नहीं कर लेते। कल्पना कीजिए, पाषाण युग में जब हमारे पूर्वजों में से किसी ने पहली बार फल से लदा पेड़ देखा होगा तो क्या हुआ होगा? 'डोपामाइन' की पहली खुराक का स्राव हुआ होगा, जिसने उसे पेड़ की दिशा में बढ़ने के लिए प्रेरित किया होगा। जब वह कुछ और आगे बढ़ा होगा तो उसे फल पहले के मुकाबले ज्यादा बड़ा दिखाई दिया होगा। 'डोपामाइन' की दूसरी खुराक ने उसे अपनी तरक्की का एहसास कराया होगा और वह आगे बढ़ा होगा। यह सिलसिला तब तक चला होगा, जब तक कि उसने फल को चख नहीं लिया होगा। साफ है कि 'डोपामाइन' की बदौलत ही मनुष्य ने कोशिशों का सिलसिला जारी रखा था और उन्हें नई-नई उपलब्धियाँ हासिल होती चली गई थीं···और हम आज के आधुनिक युग तक पहुँचने के बाद भी ऐसी कोशिशों का सिलसिला कायम रखे हुए हैं।

मानव के विकास का यह सिलसिला दौड़ प्रतियोगिताओं की तरह ही है। हरेक मील के पत्थर को पार करने के बाद धावक

को उसका शरीर 'डोपामाइन' की खुराक प्रदान करता है और वह दौड़ना जारी रखता है; अगला मील के पत्थर पार करने के बाद उसे 'डोपामाइन' की दूसरी बड़ी खुराक मिलती है और वह 'डोपामाइन' की उससे भी बड़ी खुराक के लिए तब तक दौड़ता चला जाता है, जब तक कि अंतिम उपलब्धि के रूप में उसे 'डोपामाइन' का पूरा घड़ा ही नहीं मिल जाता। साफ है कि हमारा लक्ष्य जितना बड़ा होता जाता है, हमें उतनी ही ज्यादा कोशिश करनी पड़ती है और उसके लिए हमारा शरीर जरूरी बड़ी मात्रा में ही 'डोपामाइन' छोड़ता रहता है, ताकि हम बड़ी उपलब्धियों का सिलसिला जारी रख सकें। इस तरह, यदि लक्ष्य छोटा है तो पुरस्कार के रूप में 'डोपामाइन' की छोटी खुराक ही मिलेगी और जब हम कोई काम नहीं करेंगे, यानी विकास की दिशा में कोशिश नहीं करेंगे तो 'डोपामाइन' निकलेगा ही नहीं। मतलब, कुछ नहीं करने पर ही हमें कोई जीव-वैज्ञानिक प्रोत्साहन नहीं मिलेगा।

सावधान! हमारा लक्ष्य वास्तविक होना चाहिए। हम बहुत ही दृश्योन्मुख (विजुअली ओरिएंटेड) प्राणी हैं। हम अपने लक्ष्य को जितनी स्पष्टता के साथ देख पाते हैं, हमारे मस्तिष्क व तंत्रिका तंत्र में उतनी ही अधिक मात्रा में 'डोपामाइन' का स्राव होता है और हम उस लक्ष्य की उपलब्धि के लिए उतने ही अधिक उत्साह से आगे बढ़ते हैं। इस तरह, हम अच्छा भोजन करते हैं और वास्तविक व सकारात्मक विकास की दिशा में लोग बढ़ते जाते हैं। लेकिन, जब लक्ष्य अस्पष्ट होता है तो 'डोपामाइन' नशे की लत जैसा नकारात्मक प्रभाव भी पैदा करता है। फिर हम विकास की दिशा में नहीं, बल्कि विनाश की दिशा में बढ़ने में भी खुद को उत्साहित महसूस करने लगते हैं। ध्यान रहे कि कोकीन, निकोटीन, शराब व जुआ भी 'डोपामाइन' पैदा करते हैं और उनका अनुभव बहुत ही नशीला व लत पैदा करनेवाला होता है।

फिर, हम और भी ज्यादा नकारात्मक कार्यों के लिए उत्साहित होते जाते हैं और उन सभी कार्यों में भी हमें व्यक्तिगत तौर पर अच्छा ही महसूस होता है। यह सब 'डोपामाइन' का ही खेल होता है। हम ज्यों-ज्यों इन नकारात्मक उपलब्धियों को हासिल करते जाते हैं, हमें 'डोपामाइन' की लगातार बड़ी खुराक मिलती रहती है और हम ज्यादा खतरनाक विकास की दिशा में आगे बढ़ते जाते हैं।

हाँ, इस सूची में एक चीज और भी है, जिसने हाल के समय में हमारे शरीर की 'डोपामाइन पुरस्कार प्रणाली' पर डाका डालना शुरू कर दिया है, और वह है—सामाजिक संजलीकरण (सोशल नेटवर्किंग)। हम फेसबुक पर 'लाइक', ट्विटर, इंस्टाग्राम आदि पाठ संदेशों आदि के पीछे दीवाने-से हो गए हैं। हम जानते हैं कि इन गतिविधियों पर हम यूँ ही अपना समय बरबाद कर रहे हैं, फिर भी हम इनके बिना रहना नहीं चाहते। हममें से बहुत से लोगों ने सामाजिक संजलीकरण गतिविधियों को अपना मानसिक हिस्सा ही बना लिया है और हर समय अपने स्मार्ट फोन को अपने हाथ में लिये रहते हैं, ताकि कोई जरूरी संवाद पढ़ने में देर न हो जाए। इतना ही नहीं, जब हम सुबह सोकर उठते हैं तो मुँह-हाथ धोने या चाय पीने से भी पहले अपना स्मार्ट फोन देखते हैं कि कहीं कोई जरूरी इ-मेल या कोई संवाद तो नहीं आ गया। इसका मतलब यही है कि हम सामाजिक संजलीकरण जनसंचार माध्यम यानी सोशल मीडिया के नशेड़ी हो चुके हैं और यह सब 'डोपामाइन' का ही कमाल है।

इतना ही नहीं, प्रदर्शन-प्रेरित (परफॉरमेंस ड्रिवेन) संगठनों ने अपने कर्मचारियों को 'डोपामाइन पुरस्कार प्रणाली' के जरिए लगभग पागल-सा बना रखा है। संगठनों के कर्मचारियों में लक्ष्य हासिल करने की मानो होड़-सी मची रहती है। क्योंकि उनके सामने 'डोपामाइन' की आकर्षक खुराक पेश की जाती है—लक्ष्य हासिल करो, पैसा

बटोरो! बिल्कुल जुआ की तरह अधिकांश पेशेवर 'अंकों' के पीछे भागते रहते हैं। अब सवाल यह है कि क्या हमारे ये आधुनिक व्यसन निर्दोष हैं या इनके अनचाहे दुष्प्रभाव भी हैं, जो हमें नुकसान पहुँचा रहे हैं? इसके अलावा, यह भी 'डोपामाइन' का ही प्रभाव है कि हम आज के आधुनिक युग में खरीदारी या चीजों का संग्रह जैसे शौक भी पालने लगे हैं, जिनका कोई तर्कसंगत लाभ नजर नहीं आता। असल में, हम इस तरह के शौक में आनंद लेते हैं, क्योंकि ये हमारी पाषाण-कालीन पूर्वजों से चली आई भोजन ढूँढ़ने की इच्छाओं को संतुष्ट करते हैं। यह हमें भले ही अच्छा लगे, लेकिन यदि हम इन गतिविधियों को नियंत्रित नहीं रख पा रहे हैं तो तय मानिए कि आप डोपामाइन व्यसन के शिकार बन चुके हैं।

फिलहाल अभी तक विश्लेषण से यह पता चलता है कि प्रकृति द्वारा जीव-वैज्ञानिक रूप से प्रदान किए गए दो तथाकथित 'स्वार्थी रसायन' एंडॉर्फिन व डोपामाइन एक साथ मिलकर हमारे अस्तित्व की रक्षा को सुनिश्चित करते हैं। भोजन जुटाने एवं आश्रय का निर्माण करने में एंडॉर्फिन हमारी मदद करता है तो डोपामाइन हमें इन कामों को पूरा करने और उसे आगे भी जारी रखने के लिए उत्साहित करता है। यही कारण है कि हम अपनी नौकरी को अपने अस्तित्व की रक्षा की जरूरत बताते हैं और एंडॉर्फिन हमें उकसाता है कि नौकरी के लिए लगातार प्रयास करें। फिर, जब हम कुछ हासिल कर लेते हैं तो हमें 'डोपामाइन' की खुराक मिलती है और हम अपनी उपलब्धि को लगातार दोहराते जाने के लिए प्रेरित होते हैं। लेकिन सबकुछ हम अकेले ही नहीं कर सकते, विशेष रूप से कुछ बड़ी चीजें। इसके लिए हमें दूसरे से मदद लेनी पड़ती है और दूसरे को सहयोग भी करना पड़ता है। पूर्णता, खुशी व वफादारी जैसे टिकाऊ एहसासों के लिए हमें दूसरे के साथ रिश्ते बनाने तथा वचनबद्ध होने की जरूरत

पड़ती है। शुक्र यह है कि इस काम में मदद के लिए प्रकृति ने हमें सेरोटोनिन व ऑक्सीटॉक्सिन नामक दो निस्स्वार्थी रसायनों से पुरस्कृत किया है, वरना हम मनुष्य भी मनुष्य जैसे न होकर खूँखार जानवरों जैसे निर्मम हो जाते।

निस्स्वार्थी रसायनों के बिना खूँखार हो जाते हम

सरीसृप (रेप्टाइल), मछली (फिश) व उभयचर (एंफिबियन) वर्ग के ठंडे खूनवाले जानवरों (कोल्ड ब्लडेड एनिमल) में सकारात्मक भावनाएँ नहीं होतीं, क्योंकि वे न दूसरों से मदद लेते हैं और न ही दूसरों को सहयोग करते हैं। यही कारण है कि प्रकृति ने उन्हें सहयोग की पुरस्कार योजना से भी वंचित रखा है। प्रकृति ने उनकी जीव-वैज्ञानिक संरचना ही ऐसी बनाई है कि वे बिल्कुल अकेले ही रहते हैं। वे जो भी करते हैं, अपनी सहज प्रवृत्ति (इंस्टिंक्ट) से ही करते हैं। उनकी सहज प्रवृत्ति ही उनके काम आती है। उदाहरण के लिए, एक शिकार को देखकर जब मगरमच्छ उसकी तरफ बढ़ते हैं तो कोई किसी की चिंता नहीं करता और वे एक-दूसरे के सहयोग से एकजुट होकर शिकार नहीं करते। वे अकेले ही आगे बढ़ते हैं। जो ज्यादा तेज व शक्तिशाली होता है, वही शिकार पर कब्जा करता है और दूसरे की चिंता किए बगैर अपना पेट भरकर अपनी दिशा में चला जाता है।

लेकिन, स्तनधारी (मैमल) व पक्षी (बर्ड) वर्ग के गरम खूनवाले जानवरों (हॉट ब्लडेड एनिमल) ऐसे नहीं होते। उनमें थोड़ी-बहुत सकारात्मक भावनाएँ होती हैं। वे दूसरों से मदद भी लेते हैं और दूसरों का सहयोग भी करते हैं। लेकिन मनुष्य सहित अन्य सभी गरम खूनवाले जानवर भी अपनी सहज प्रवृत्ति से ही काम करते हैं। साथ ही, उन सभी में भी कम-अधिक मात्रा में सरीसृप वर्ग की सहज आदिम प्रवृत्तियाँ मौजूद हैं। चूँकि मनुष्य गरम खूनवाला सबसे विकसित जानवर है, इसलिए उसमें सहज आदिम खूँखार प्रवृत्तियाँ

सबसे कम रह गई हैं। यही कारण है कि तमाम स्वार्थी प्रवृत्तियों के बावजूद मनुष्य ठंडे खूनवाले जानवरों की तरह न तो निर्मम हो सकता है और न ही बिल्कुल अकेले जी सकता है। असल में, मनुष्य के मस्तिष्क में गरम खूनवाले स्तनधारियों की सहज प्रवृत्तियाँ अधिक हैं, जो उसे सबसे अधिक कार्यशील जानवर बनाती हैं।

लेकिन मनुष्य की व्यापक कार्यशीलता भी बेवजह नहीं है। यह मनुष्य समूह में रहना और एक-दूसरे के साथ रहना नहीं सीखा होता तो वह कब का मिट गया होता। मनुष्य की त्वचा अन्य जानवरों की तरह मोटी व परतदार नहीं है कि वह दूसरे जानवरों का आक्रमण झेल सके। मनुष्य के पास अन्य खूँखार जानवरों की तरह नुकीले व मजबूत दाँत भी नहीं हैं कि वह दूसरों को काटकर अपना बचाव कर सके। साफ है कि हम मनुष्य प्रजाति के जानवर शारीरिक रूप से उतने मजबूत थे ही नहीं कि अकेले जीवित रह पाते और अपनी संतति का विकास कर पाते। चाहे हम इस तथ्य को नजरअंदाज करने की कोशिश करें, लेकिन हकीकत तो यही है कि हमें एक-दूसरे की जरूरत है। और हमें अपनी इसी जरूरत को पूरा करने के लिए प्रकृति ने सेरोटोनिन व ऑक्सीटॉक्सिन नामक दो निस्स्वार्थी रसायनों से पुरस्कृत किया है, वरना हम मनुष्य के रूप में विकसित ही नहीं हो पाते; फिर हमारी भी स्थिति खूँखार जानवरों जैसी ही होती और हम एक-दूसरे के साथ निर्मम व्यवहार करते होते।

हमारे मस्तिष्क व तंत्रिका तंत्र में मौजूद सेरोटोनिन व ऑक्सीटॉक्सिन ही वे रसायन हैं, जो हमें समाज-समर्थक व्यवहार के लिए उत्साहित करते हैं। ये रसायन हमें एक-दूसरे के साथ विश्वास व मित्रतापूर्ण संबंध बनाने में मदद करते हैं, ताकि हम अपने समूह या समुदाय की देखभाल व रक्षा कर सकें। इन दो रसायनों की बदौलत ही समाज व सभ्यताओं का विकास संभव हो सका है। और

ये ही वे रसायन हैं, जिनके कारण हम बड़ी उपलब्धियों को हासिल करने के लिए एक-दूसरे को साथ लेकर एकजुट सामूहिक प्रयास करते हैं। तो यह हमारे अस्तित्व व विकास की जरूरत भी है और हमारी रासायनिक मजबूरी भी कि हम एक-दूसरे की मदद करें और एक-दूसरे का सहयोग हासिल करें। यही तो सामूहिक-सामुदायिक-सामाजिक कार्य-भावना है।

जब हम एक-दूसरे का सहयोग या देखभाल करते हैं तो हमारे मस्तिष्क व तंत्रिका तंत्र में सेरोटोनिन व ऑक्सीटॉक्सिन का स्राव होता है, जो हमें सुरक्षा, परिपूर्णता, अपनापन, विश्वास व सौहार्द की भावनाओं का अनुभव कराते हैं। ये ही वे रसायन हैं, जो हमें एक-दूसरे के प्रति ऐसी सहानुभूति से भर देते हैं कि हम एक-दूसरे के लिए अपनी जान भी जोखिम में डाल देने से नहीं घबराते। और, हम ऐसा इसीलिए कर पाते हैं कि हमें पता होता है कि दूसरे भी हमारे लिए वैसा ही करने से नहीं चूकेंगे। इस तरह, जब हम खुद को सामूहिक सुरक्षा-चक्र के भीतर पाते हैं तो तनाव कम हो जाता है, परिपूर्णता की भावना ऊँची हो जाती है, दूसरों की मदद व सहयोग करने की चाहत तीव्र हो जाती है और अपनी सुरक्षा के लिए दूसरों पर भरोसा करने की इच्छा सातवें आसमान पर पहुँच जाती है। और, जो नेतृत्वकर्ता अपने कार्य-स्थल में यह वातावरण कायम करने में सफल होता है, वह कर्मचारियों का प्रेरणा-स्रोत बन जाता है और उनसे बड़े-बड़े काम करवाने में सफल होता है। लेकिन, जब हमें सामाजिक प्रोत्साहनों से वंचित रखा जाता है तो हम ज्यादा स्वार्थी व ज्यादा आक्रामक हो जाते हैं, नेतृत्वकर्ता का प्रभाव खत्म हो जाता है और वह अपने लोगों से छोटे-से-छोटा काम भी करवा पाने में अक्षम साबित होता है।

असल में, सेरोटोनिन व ऑक्सीटॉक्सिन हमारे सामाजिक यंत्र

(सोशल मशीन) में चिकनाई (ग्रीज) का काम करते हैं। और, जब इन रसायनों की मात्रा घटती है, सामाजिक यंत्र के कल-पुरजे घिसने लगते हैं। साफ है कि जब नेतृत्वकर्ता अपने कार्य-स्थल में असुरक्षा का माहौल बनाते हैं, वहाँ पर कार्यरत कर्मचारियों में सेरोटोनिन व ऑक्सीटॉक्सिन रसायनों का स्राव नहीं होता है। फिर कर्मचारियों की सामूहिक कार्य-भावना नष्ट हो जाती है अस्वस्थ प्रतिद्वंद्विता को फलने-फूलने का मौका मिलता है; कार्य-स्थल आपसी संघर्ष का अखाड़ा बन जाता है और फिर कर्मचारियों के साथ-साथ नेतृत्वकर्ता व संगठन का भविष्य भी चौपट हो जाने की दिशा में तेजी से बढ़ने लगता है।

ध्यान रहे कि किसी संगठन की कार्य-संस्कृति ही उसकी सबसे बड़ी ताकत होती है, न कि उसका आकार या संसाधन—और इसी ताकत के दम पर संगठन समय की जरूरतों के मुताबिक खुद को ढाल पाता है, विपरीत परिस्थितियों को काबू करता है और नए नवाचारों का अग्रदूत बन पाता है। जब कार्य-परिस्थितियाँ अनुकूल होती हैं; जब कार्य-स्थल में मजबूत सुरक्षा-चक्र कायम रहता है और सभी उसके अंदर खुद को सुरक्षित महसूस कर पाते हैं, तभी कर्मचारीगण अपना अधिकतम कार्य-प्रदर्शन कर पाते हैं। जी हाँ, मनुष्य वही कर पाता है, जिसके लिए उसकी जीव-वैज्ञानिक संरचना की गई है। यदि नेतृत्वकर्ता अपने मातहत कर्मचारियों के साथ मनुष्य जैसा व्यवहार करता है तो वह अपनी स्वाभाविक संरचना के मुताबिक कार्य कर पाता है, यानी सेरोटोनिन व ऑक्सीटॉक्सिन के पुरस्कार की बदौलत एक-दूसरे को एकजुट कर आश्चर्यकारी परिणाम देता है।

नेतृत्वकारी रसायन सेरोटोनिन : सामाजिक प्राणी होने के नाते हम अपने समुदाय के लोगों के अनुमोदन से भी ज्यादा कुछ चाहते हैं और इसके लिए हमें इसकी आवश्यकता भी होती है। जब हम अपने

समूह में अन्य लोगों के लिए या फिर अपने पूरे समूह के लिए कुछ अच्छा करते हैं तो हम उन प्रयासों के लिए खुद मूल्यवान् भी महसूस करना चाहते हैं। यदि हम इस भावना को अकेले ही महसूस कर पाते तो हमें पुरस्कार समारोहों, कर्मचारी मान्यता कार्यक्रमों, प्रमाण-पत्र वितरण समारोहों आदि की जरूरत ही न होती। और फिर, फेसबुक पर लाइक करनेवालों की संख्या, यू ट्यूब पर दर्शकों की संख्या एवं ट्विटर पर अनुयायियों की संख्या तथा उनके नामों को प्रदर्शित करने की भी जरूरत नहीं पड़ती। असल में, हम महसूस करना चाहते हैं कि हम और हमारे द्वारा किए गए काम को दूसरे लोगों का, विशेष रूप से अपने समूह के लोगों का महत्त्व मिले।

और यह सब हमारे रक्त बिंबाणु (ब्लड प्लेटलेट्स) व रक्तोद (सीरम) में मौजूद सेरोटोनिन नामक रासायनिक यौगिक के कारण होता है। यह नेतृत्वकारी रसायन (लीडरशिप केमिकल) हमारी रक्त वाहिकाओं (ब्लड वेस्सल्स) में संकुचन पैदा करता है और तंत्रिका संचारक (न्यूरोट्रांसमीटर) के रूप में कार्य करता है। जब कोई छात्र मंच पर खड़े होकर अपना प्रमाण-पत्र ग्रहण करता है; जब खिलाड़ी अपना पुरस्कार ग्रहण करता है; जब किसी कलाकार, समाज-सेवी या वैज्ञानिक को सम्मानित किया जाता है, तब उसकी नसों में सेरोटोनिन तेजी से दौड़ने लगता है और वह स्वयं तथा स्वयं के कार्य पर गर्व का अनुभव करता है। उन सभी के चेहरों पर गर्व के उस भाव को भी आसानी से पढ़ा जा सकता है। यदि हम उन लोगों के नजदीकी हैं और समारोह में मौजूद हैं तो हमारे शरीर में भी सेरोटोनिन का प्रवाह बढ़ जाता है और हम भी गर्व महसूस करने लगते हैं। क्यों? क्योंकि यह सेरोटोनिन ही है, जो माता-पिता व बच्चों, शिक्षक व छात्रों और प्रशिक्षक व खिलाड़ियों, अधिकारी व कर्मचारियों के बीच के बंधन को मजबूत बनाता है।

ध्यान दीजिए, जब कोई पुरस्कार ग्रहण करता है तो वह सबसे पहले किन लोगों को धन्यवाद देता है ? उन लोगों का, जिनकी मदद, सहयोग व सुरक्षा के बिना उसके लिए वह उपलब्धि हासिल कर पाना संभव न हुआ होता। वे उसके माता-पिता या प्रशिक्षक या अधिकारी या भगवान् भी हो सकते हैं। और जब सेरोटोनिन के कारण दूसरे लोग हमें मदद, सहयोग व सुरक्षा प्रदान करते हैं तो हम उनके प्रति उत्तरदायित्व की भावना भी महसूस करते हैं। तो सेरोटोनिन हमारी भावनाओं को नियंत्रित करता है। जब दूसरे हमारी मदद के लिए अपना समय व ऊर्जा लगाते हैं तो हम उनके प्रति उत्तरदायित्व का भार महसूस करते हैं। इसीलिए हम उनका आभार प्रकट करते हैं और जताते हैं कि उन्होंने जो बलिदान दिया था, उनका भी मूल्य है। हम उन्हें कभी भी नीचा नहीं दिखाते, बल्कि उन्हें गौरव प्रदान करते हैं। और, जब हम दूसरों की मदद करते हैं, तब भी हम बराबर उत्तरदायित्व का भार महसूस करते हैं। हम चाहते हैं कि दूसरे लोग भी सही कदम बढ़ाएँ, ताकि वे जो करना चाहते हैं, उसे पूरा कर सकें।

यह सेरोटोनिन के असर का नतीजा है कि हम अंकों के प्रति नहीं, बल्कि लोगों के प्रति उत्तरदायित्व की भावना महसूस करते हैं। यही कारण है कि धावक दर्शकों की अनुपस्थिति में मील-रेखाओं को पार करता हुआ वैसा नहीं महसूस करता जैसा कि वह फीते को तोड़ता हुआ महसूस करता है, जब दर्शक तालियाँ बजाते हुए जयकारा लगा रहे होते हैं। ध्यान देने की बात है कि दोनों ही स्थितियों में, चाहे वह मील-रेखाओं को पार करे या फिर फीता को तोड़े, धावक की उपलब्धि एक जैसी होती है, एक जैसा समय लगता है और बहुत हद तक एक जैसी ही कोशिश भी करनी पड़ती है। अंतर सिर्फ इतना है कि मील-रेखाओं को पार करता हुआ धावक सिर्फ अंकों की उपलब्धियाँ हासिल कर रहा होता है, जबकि फीता तोड़ते समय

उसकी उपलब्धि की गवाही के लिए वाहवाही करते हुए लोग मौजूद होते हैं। तो, धावक एक के बाद दूसरी मील-रेखा को पार करता हुआ अंतिम लक्ष्य की ओर इसलिए भी लगातार दौड़ता चला जाता है कि उसे पता होता है कि वहाँ पर उसके नजदीकी व प्रशंसक उसका इंतजार कर रहे हैं। वह धावक बखूबी जानता है कि उसके नजदीकी व प्रशंसक उसकी उपलब्धि की एक झलक पाने के लिए, उसकी खुशी के मौके पर मौजूद रहने के लिए तथा उसे अपने काम में उत्साहित बनाए रखने के लिए ही अपना कितना समय, धन तथा ऊर्जा खर्च कर वहाँ मौजूद हुए हैं। साथ ही, वे नजदीकी व प्रशंसक भी उस धावक के लिए इतना कुछ इसलिए कर रहे होते हैं कि उन्हें भी उस धावक की उपलब्धि में अपनी उपलब्धि नजर आती है। और, यह सब सेरोटोनिन के कारण होता है।

साफ है कि हम दूसरों को सफल बनाने के लिए जितना अधिक योगदान करते हैं, अपने समूह में हमारी कीमत भी उतनी ही बढ़ जाती है और उनके द्वारा हमें ज्यादा सम्मान मिलता है। जब हम ज्यादा आदर व मान्यता प्राप्त करते हैं तो समूह में हमारी हैसियत भी बढ़ती है। और हमारी हैसियत जितनी बढ़ती है, सेरोटोनिन की उतनी ही बड़ी खुराक हमारे रक्त-संचार को बढ़ा देती है और हम पहले से भी ज्यादा उत्साह के साथ दूसरों को सफल बनाने की कोशिशों में जुट जाते हैं। जी हाँ, प्रकृति ने हमारी जीव-वैज्ञानिक संरचना ही इस प्रकार से की है कि हम दूसरों की सफलता में योगदान करें और गौरव व मान-सम्मान हासिल करें।

चाहे हम माता-पिता हों या शिक्षक, प्रशिक्षक या अधिकारी—हम सभी के रक्त बिंबाणु व रक्तोद में मौजूद सेरोटोनिन हमें उनके लिए काम करने के लिए उत्साहित करता है, जिनके लिए हम सीधे तौर पर उत्तरदायी होते हैं। और, यदि हम संतान हैं या छात्र या खिलाड़ी

अथवा कर्मचारी, हम सभी में मौजूद सेरोटोनिन उन्हें गौरवान्वित महसूस कराने के लिए कठिन परिश्रम करने के लिए हमें उत्साहित करता है, जिनके द्वारा हमारी देखभाल की जा रही होती है। तो, किसी समूह में जो व्यक्ति दूसरों की सफलता के लिए सबसे अधिक करता है, उसी को वह समूह अपना नेतृत्वकर्ता स्वीकार करता है। जी हाँ, सेरोटोनिन हमारे सामाजिक लेन-देन की सहज व्यावहारिक प्रक्रिया को संचालित करता है।

प्रेम रसायन ऑक्सीटॉक्सिन : मनुष्य प्रजाति का सबसे पसंदीदा रसायन है—ऑक्सीटॉक्सिन, जिसे 'प्रेम रसायन' (लव केमिकल) भी कहा जाता है। यह मस्तिष्क के आधार से जुड़ी मटर के आकार की पीयूषिका ग्रंथि (पिट्यूटरी ग्लैंड) द्वारा स्राव किया जानेवाला नियामक रसायन (हार्मोन) है। इसका जीव-वैज्ञानिक कार्य प्रसव के दौरान गर्भाशय संकुचन को बढ़ाना और स्तनों की नलिकाओं में दूध के उत्सर्जन को उत्तेजित करना है। लेकिन इस रसायन का मनोवैज्ञानिक कार्य है हममें मित्रता, प्रेम व गहरा विश्वास पैदा करना। यह भावना तब पैदा होती है, जब हम अपने सबसे नजदीकी मित्रों या विश्वासी सहकर्मियों के साथ होते हैं। यही भावना तब भी महसूस होती है, जब हम दूसरों के लिए कुछ अच्छा करते हैं या फिर दूसरे हमारे लिए कुछ अच्छा करते हैं। लेकिन, प्रकृति ने ऑक्सीटॉक्सिन का पुरस्कार सिर्फ हमें खुश रहने के लिए ही नहीं दिया है। यही अपने अस्तित्व की रक्षा करने की हमारी सहज प्रवृत्ति का सबसे महत्त्वपूर्ण कारण है।

बिना ऑक्सीटॉक्सिन के हममें उदारता की भावना ही नहीं पैदा होती हम दूसरों के लिए कोई भी काम करने को इच्छुक ही नहीं हो पाते और दूसरों के लिए हममें सहानुभूति भी नहीं होती। फिर हम दूसरों के साथ मित्रता का मजबूत बंधन कैसे विकसित कर पाते और दूसरों के प्रति इतना गहरा विश्वास कैसे कर पाते कि वह हमारी सुरक्षा

करेगा? और, यदि हम यह सब नहीं कर पाते तो फिर अपनी संतति को आगे बढ़ाने के लिए कोई साथी ही नहीं ढूँढ़ पाते। जी हाँ, यह ऑक्सीटॉक्सिन का ही कमाल है कि हम अपना जीवन साथी चुन पाते हैं, उससे अटूट प्यार कर पाते हैं और फिर इतना अटूट विश्वास भी कर पाते हैं कि अपनी संतति को आगे बढ़ाने की पूरी जिम्मेदारी ही उसी को सौंप देते हैं। इतना ही नहीं, ऑक्सीटॉक्सिन के कारण ही हम दूसरों पर भरोसा कर अपने कारोबार का निर्माण व विकास कर पाते हैं। यदि प्रकृति ने हमें ऑक्सीटॉक्सिन वरदान न दिया होता तो हम किसी प्रकार का कोई भी मानवीय संबंध ही नहीं बना पाते और सामाजिक प्राणी होने का अद्‍भुत सौभाग्य भी हमें प्राप्त नहीं हो पाता।

यह तो साबित हो चुका है कि मानव प्रजाति तभी कुछ बड़ा हासिल कर सकती है, जब वह समूह में कार्य करे, और इसके लिए दूसरों पर भरोसा करना भी बेहद जरूरी होता है। लेकिन, रोचक तथ्य यह भी है कि दूसरों पर भरोसा करने के लिए हमें सहज ज्ञान भी तो होना चाहिए। एक समूह में किसी भी व्यक्ति को यह सुनिश्चित करने के लिए कि वे सुरक्षित हैं, निरंतर सतर्कता बनाए रखने की जरूरत नहीं होती है। यदि हम ऐसे लोगों के बीच, जिन पर हम भरोसा करते हैं और जो हम पर भरोसा करते हैं, तो सुरक्षा सुनिश्चित करने का उत्तरदायित्व किसी एक व्यक्ति पर नहीं बल्कि समूचे समूह पर होता है। हम निश्चिंत होकर कब सो सकते हैं, जब हमें भरोसा होता है कि हमारी सुरक्षा के लिए कोई और जगा हुआ है। तो, ऑक्सीटॉक्सिन क्या करता है? जी हाँ, यही वह रसायन है, जो सीधे तौर पर हमारी मदद करता है। हम किस हद तक अपने आप को कमजोर बनाना बरदाश्त कर सकते हैं? हम ऑक्सीटॉक्सिन को सामाजिक दिशा-सूचक (सोशल कंपास) भी कह सकते हैं। यह हमारे सहज ज्ञान को दिशा दिखाता है कि हम दूसरे से खुलकर कितना सुरक्षित रह सकते

हैं और कब हमें खुद को अपने ही खोल में बंद रखना चाहिए।

ध्यान रहे कि स्वार्थी रसायन डोपामाइन हमें त्वरित व तात्कालिक संतुष्टि देता है, लेकिन ऑक्सीटॉक्सिन दीर्घकालीन संतुष्टि प्रदान करता है। हम किसी के साथ जितना अधिक समय गुजारते हैं, उस पर हमारी निर्भरता उतनी ही बढ़ती जाती है, यानी हम खुद को शारीरिक व मानसिक रूप से उतना ही कमजोर बनाते जाते हैं। क्योंकि, हम उस पर भरोसा करना सीख जाते हैं और बदले में उसका भरोसा भी हासिल कर लेते हैं। और एक-दूसरे पर हमारी निर्भरता जितनी बढ़ती है, दोनों ही व्यक्ति विशेषों में ऑक्सीटॉक्सिन का स्राव उतना ही तेज होता है। यह जादू जैसा असर करता है। एक साथ रहते-रहते दो लोग एक-दूसरे पर परस्पर इतना भरोसा करने लगते हैं और एक-दूसरे का इतना भरोसा हासिल करने लगते हैं कि उनके बीच गहरा बंधन कायम हो जाता है। ऑक्सीटॉक्सिन की लगातार बड़ी खुराक मिलने से दो व्यक्तियों के बीच जो पागलपन, उत्साह व स्वाभाविकता का बंधन कायम होता है, वह ज्यादा आरामदेह, ज्यादा टिकाऊ, ज्यादा स्थायी बंधन होता है।

यही नियम तो कार्य-स्थल में भी लागू होता है। जब हम नई नौकरी पर जाते हैं तो हम भी बहुत उत्साहित होते हैं; समूह में काम करनेवाले दूसरे लोग भी उत्साहित दिखते हैं और सबकुछ बिल्कुल ठीक-ठाक लगता है। लेकिन यह तात्कलिक उत्साह काफी नहीं है। दूसरों पर भरोसा करने के लिए और दूसरों का भरोसा जीतने के लिए काफी ऊर्जा की जरूरत होती है। फिर हम दूसरों पर इतना भरोसा कर पाते हैं कि वह हमारी सुरक्षा करेगा और आगे बढ़ने में मदद करेगा। अंत में, हम खुद को किसी कार्य समूह का अभिन्न हिस्सा मान पाते हैं। तो चाहे वह व्यक्तिगत संबंध हो या पेशेवर, आपसी संबंध कायम करने का नियम एक ही होता है और ऑक्सीटॉक्सिन

दोनों ही मामलों में ईमानदारी से काम करता है। जरा सोचिए, यदि यह रसायन नहीं होता तो हममें जीन की स्वाभाविक इच्छा भी होती?

सचेतक रसायन ही जान की आफत भी है

स्वार्थी व निस्स्वार्थी रसायनों के अलावा हमारे शरीर में 'कोर्टिसोल' नामक एक बहुत ही महत्त्वपूर्ण रसायन है, जो हमें संभावित खतरों से सावधान करता है। इसीलिए हम इसे 'सचेतक रसायन' कह सकते हैं। यह हमारे शरीर में गुर्दे के ऊपर स्थित नली-रहित एक जोड़ी ग्रंथियों (अधिवृक्क ग्रंथियों/एड्रिनल ग्लैंड्स) से निकलनेवाला अंत:स्राव (हार्मोन) है। यह खतरों की स्थिति में स्रावित होता है और हमारे रक्त-प्रवाह में मिलकर हमारे शरीर में तनाव पैदा करता है, ताकि हम खतरों से निपटने के लिए तैयार हो सकें। लेकिन, खतरा टलते ही यह अपने आप हमारे शरीर से गायब भी हो जाता है, ताकि हम सामान्य स्थिति में लौट सकें। इस तरह, यह हमारे जीवन को समस्थिति में बनाए रखने के लिए आवश्यक है। लेकिन, यदि खतरे की स्थिति लंबी बनी रही और हमारे शरीर में कोर्टिसोल की मौजूदगी बनी रही तो यह हमारे स्वास्थ्य के लिए गंभीर खतरा भी बन सकती है और हमारी जान की आफत भी।

असल में, सभी सामाजिक स्तनधारियों सहित मनुष्य में प्राकृतिक रूप से पूर्व चेतावनी प्रणाली (अर्ली वार्निंग सिस्टम) मौजूद है, जो उन्हें यह अनुभूति कराती है कि 'सावधान! कुछ गड़बड़ है।' वास्तव में, यह प्रणाली हमें खतरों से सावधान करने और संभावित खतरों से निपटने की तैयारी के लिए हमारी ज्ञानेंद्रियों को जगाने के लिए ही बनाई गई है। यदि हममें यह पूर्व अनुभूति की स्वाभाविक क्षमता न होती तो हम खतरों के प्रति तभी सावधान हो पाते, जब हम उन्हें अपनी आँखों से देख पाते या फिर जब आक्रमण पहले ही शुरू हो चुका होता। और फिर, मानव जाति या अन्य सामाजिक स्तनधारियों

के लिए पाषाण युग से आज तक अपने अस्तित्व को बनाए रख पाना और अपनी संतति को आगे बढ़ा पाना संभव ही नहीं हो पाता। और, यह पूर्व चेतावनी प्रणाली करनेवाला मूल तत्त्व कोर्टिसोल ही है।

रोचक तथ्य यह भी है कि प्रकृति द्वारा कोर्टिसोल की रचना हमारी शारीरिक प्रणाली में हमेशा बने रहने के लिए नहीं है। अधिवृक्क ग्रंथियों (एड्रिनल ग्लैंड्स) से कोर्टिसोल तभी बाहर निकलता है, जब हमें खतरे का बोध होता है—और खतरे की स्थिति टलते ही वह हमारी प्रणाली से बाहर निकल जाता है। यह अद्‍भुत प्राकृतिक व्यवस्था है, जिसके सकारात्मक व व्यावहारिक कारण हैं। असल में, हमें खतरों के प्रति सचेत करने के क्रम में यह हमारे तंत्रिका तंत्र (नर्वस सिस्टम) में तनाव व चिंता की उत्पत्ति करती है और तभी हम उन खतरों से निपटने के लिए अपनी शारीरिक प्रणाली को सक्रिय कर पाते हैं। लेकिन, तनाव व चिंता की स्थिति का अधिक समय बने रहना हमारी मानसिक व शारीरिक प्रणाली को स्थायी क्षति भी पहुँचा सकती है। यही कारण है कि कोर्टिसोल का हमारे शरीर में प्रवाह होता है, जब हमें उसकी जरूरत होती है; लेकिन जरूरत खत्म होते ही वह हमारी आंतरिक प्रणाली से बाहर निकल जाता है और हम फिर से अपनी सामान्य स्थिति में लौट आते हैं।

कोर्टिसोल की इस भूमिका का अनुभव हम बहुत आसानी से महसूस कर पाते हैं। कार्य-स्थल के तनाव, चिंता व बेचैनी का कारण भी यही कोर्टिसोल है। असल में, अन्य स्तनधारी प्राणियों की तुलना में मनुष्य के मस्तिष्क की बाहरी परत (सेरेब्रल कॉर्टेक्स) में बहुत ही परिष्कृत नवविकसित आवरण (नियोकॉर्टेक्स) भी है, जो देखने व सुनने के अलावा मनुष्य की भाषा के साथ-साथ उसके तर्कसंगत (रेशनल), विश्लेषणात्मक (एनालिटिकल) व अमूर्त (एब्सट्रेक्ट) विचार के लिए भी जिम्मेदार है। इसीलिए जब कोर्टिसोल का स्राव

होता है तो अन्य स्तनधारी प्राणी अपने शरीरों से प्रतिक्रिया करते हैं, लेकिन हम मनुष्य अपनी भावनाओं को समझने के लिए शारीरिक तनाव के कारण को भी जानना चाहते हैं। हम अपनी बेचैनी की व्याख्या करने के लिए अकसर खतरे के स्रोत को खोजने की कोशिश करते हैं कि जिसे हम खतरा समझ रहे हैं, वह असली है या मान लिया गया है। यही कारण है कि जब हम कार्य-स्थल में किसी प्रकार का तनाव महसूस करते हैं तो हमारा मस्तिष्क उसके कारणों को ढूँढ़ना शुरू करता है। हम सबसे पहले अपने अधिकारी को दोषी मानते हैं, फिर हमारा मस्तिष्क उस सहकर्मी को दोषी मानने को उत्सुक होता है, जिससे हम डरते हैं कि वह अपनी बढ़त के लिए हमारी पीठ में छुरा घोंप सकता है; उसके बाद हम अपनी गलतियों को भी ढूँढ़ने की कोशिश करने लगते हैं…और जब हम सही कारण नहीं ढूँढ़ पाते हैं तो चिंतित महसूस करने लगते हैं। और, इस मानसिक उन्माद का असल कारण होता है—कोर्टिसोल। लेकिन हमारे शरीर का यह सचेतक रसायन तो सिर्फ अपना काम कर रहा है और हमें खतरे की अनुभूति कराने तथा हमें उससे बचने के लिए तैयार करने की कोशिश कर रहा है।

भले ही खतरा असली हो या फिर नकली (कल्पना की गई), दोनों ही स्थितियों में हम जो तनाव महसूस करते हैं, वह बिल्कुल असली होता है। हमारे तर्कशील मस्तिष्क के उलट, हमारा शरीर खतरे को आँकने की कोशिश नहीं करता है। हमारा मानव शरीर तो बस, अपने खून की धारा में प्रवाहित होनेवाले रसायन के कारण आशंकित खतरे से मुकाबले के लिए खुद को तैयार करने के लिए प्रतिक्रिया करता है। ऐसी स्थिति में, हमारा पाषाणकालीन मस्तिष्क खतरे को समझने के बारे में परवाह नहीं करता है, क्योंकि यह केवल हमारे अस्तित्व की रक्षा की संभावना को बढ़ाना चाहता है। ध्यान रहे कि

हमारा पुरातन मानव शरीर प्राकृतिक रूप से अपनी सुरक्षा के लिए ही अनुकूलित है और यह नहीं जानता कि हम खुले आसमान के नीचे नहीं, बल्कि कार्यालय में काम करते हैं। इसीलिए, हमारे शरीर की आंतरिक पूर्व चेतावनी प्रणाली यह नहीं समझती है कि जो खतरा हम अपने कार्यालय में महसूस करते हैं, वह जीवन के लिए शायद ही खतरनाक है। यही कारण है कि हमें अपने हितों की रक्षा में मदद करने के लिए हमारी प्राकृतिक शारीरिक प्रणाली स्वाभाविक रूप से कोर्टिसोल का स्राव कर हमें प्रतिक्रिया करने के लिए उकसाती है कि कहीं कोई खतरा तो नहीं।

असल में, सामाजिक प्राणी होने के नाते जब हमें अपने कार्य-स्थल में अपेक्षित समर्थन नहीं मिलता है तो हम खुद को असुरक्षित महसूस करने लगते हैं। फिर, हमारे पुरातन शरीर में स्वाभाविक रूप से कोर्टिसोल का स्राव होने लगता है और हम तनाव में आ जाते हैं। हमारा आदिम मस्तिष्क बुरी तरह डर जाता है। हम अवचेतन बेचैनी (अनकॉन्सियस अन-ईज) की स्थिति में आ जाते हैं। हमें यह अनुभूति होने लगती है कि हम अपने लिए खुद ही जिम्मेदार हैं और हमारी मदद के लिए कोई भी नहीं है। और, हमारे भीतर यह भावना पनपती है कि हम जिन लोगों के साथ काम करते हैं, वे सबसे पहले अपने आप की ही परवाह करते हैं। लेकिन इसमें हमारी कोई गलती नहीं है, बल्कि इसके लिए मूल रूप से हमारे कार्य-स्थल का वातावरण जिम्मेदार है।

लेकिन अब हम आदिम मानव नहीं रहे, जो खुद के अस्तित्व की रक्षा अपनी संतति को बढ़ाने के लिए समूहों में संपूर्ण एकजुटता से रहा करते थे और पूरी सहानुभूति के साथ एक-दूसरे के लिए जान की बाजी लगाने को तत्पर रहा करते थे। दुर्भाग्यवश, सभ्यता के विकास के साथ-साथ हम व्यक्तिवादी हो गए हैं। अब हममें से

अधिकांश को ऐसे वातावरण में काम करना पड़ता है, जहाँ कहने को तो कार्य समूह हैं, लेकिन उनके सदस्यों के बीच सामूहिक कार्यभावना का अभाव है। कार्य समूह के लोग एक-दूसरे के हितों एवं भविष्य की चिंता करने की बजाय अपना ज्याद ध्यान व्यक्तिगत उन्नतियों पर केंद्रित करते हैं। इसीलिए निकट भविष्य में आनेवाले खतरों जैसी बहुमूल्य जानकारियाँ अकसर गुप्त ही रखो जाती हैं। इसी का नतीजा है कि अधिकांश कार्य-स्थलों में कर्मचारियों के बीच या नेतृत्वकर्ता व कर्मियों के बीच विश्वास के बंधन काफी कमजोर होते हैं—और कई जगहों पर तो इसका बिल्कुल अभाव-सा ही दिखता है।

ऐसे में, कर्मचारियों के पास कोई दूसरा विकल्प नहीं होता कि वे अपने दूसरे साथी के बारे में भी सोच सकें और वे सिर्फ अपने बारे में सोचने के लिए मजबूर होते हैं। इस तरह, जब वे डरे-डरे-से रहते हैं तो अपने अधिकारियों को पसंद नहीं करते; जब वे लगातार इसी चिंता में रहते हैं कि यदि उनसे कोई गलती हो गई तो वे मुसीबत में आ जाएँगे; यदि उन्हें यह चिंता लगी रहती है कि कोई और उनके काम का श्रेय लेने की कोशिश करेगा तो वे आगे बढ़कर कोई भी काम करने से कतराते हैं या मौजूदा काम में भी पूरा ध्यान नहीं लगाते; जब उन्हें अपने लोगों से सही खबरें नहीं मिलतीं तो वे कंपनी के बारे में समाचार माध्यमों की सूचनाओं पर निर्भर रहने लगते हैं और जब उन्हें पता चलता है कि कंपनी अपनी घोषणाओं के मुताबिक नतीजे ला पा पाने में असफल रही है या होनेवाली है तो उन्हें छँटनी का डर सताने लगता है। इस तरह, जब कार्य स्थलों पर सुरक्षा-चक्र खत्म हो जाता है तो कर्मचारियों की रक्त-नलिकाओं में कोर्टिसोल का स्राव बढ़ने लगता है।

खतरनाक तथ्य यह है कि ऐसी स्थिति में कोर्टिसोल वास्तव में आपसी सहानुभूति पैदा करने के लिए जिम्मेदार रसायन

'ऑक्सीटॉक्सिन' के स्राव को रोकने लगता है। स्पष्ट है कि सुरक्षा-चक्र खत्म हो जाने के चलते कर्मचारियों के बीच आपसी सहानुभूति की भावना तेजी से खत्म होने लगती है, उनका व्यक्तिगत तनाव तेजी से बढ़ने लगता है और वे एक-दूसरे के प्रति सचेत होने लगते हैं। इस तरह, कर्मचारियों का सारा समय और सारी ऊर्जा खुद को कार्य-स्थल की राजनीति तथा अन्य खतरों से बचाने या उनसे निपटने की तैयारी में खर्च होने लगता है और वे दूसरे सहकर्मियों या संगठन की चिंता छोड़कर सिर्फ अपने बारे में सोचने लग जाते हैं, यानी वे लगातार ज्यादा स्वार्थी बनने लगते हैं। इससे यह भी स्पष्ट हो जाता है कि हम अपने आप ही स्वार्थी नहीं बन जाते, बल्कि हमारे कार्य-स्थल का वातावरण हमें स्वाभाविक आत्म-रक्षा के लिए स्वार्थी होने पर मजबूर कर देता है।

विडंबना यह है कि आधुनिक युग में अधिकांश कार्य-स्थलों में कर्मचारियों के बीच की आपसी प्रतिस्पर्धा को कम करने की बजाय बढ़ाने की कोशिश की जाती है। ऐसे में, कर्मचारियों को लगातार स्वार्थपूर्ण माहौल में काम करना पड़ता है और उनके शरीर में कोर्टिसोल का स्राव लगातार बना रहता है। कोर्टिसोल का यह लगातार स्राव कर्मचारियों को लगातार ज्यादा स्वार्थी होते जाने के लिए मजबूर बनाकर न केवल संगठन के आंतरिक ताने-बाने को कमजोर बनाता है, बल्कि कर्मचारियों के स्वास्थ्य को भी गंभीर नुकसान पहुँचता है। याद रहे कि स्वार्थी रसायनों—एंडॉर्फिन व डोपामाइन की तरह कोर्टिसोल भी हमें अपने अस्तित्व की रक्षा करने में मदद करता है। लेकिन, प्रकृति ने हमें कोर्टिसोल का उपहार इसलिए नहीं दिया है कि वह हर समय हमारे शरीर में बना रहे। कोर्टिसोल न केवल हमारे ग्लूकोज उपापचय (ग्लूकोज मेटाबोलिज्म) पर कहर बरपाता है, बल्कि रक्तचाप (ब्लड प्रेशर) व भड़काऊ प्रतिक्रियाओं को बढ़ाता

है और संज्ञानात्मक क्षमता (कॉग्निटिव एबिलिटी) को बाधित करता है। इस तरह, कोर्टिसोल कर्मचारियों की उग्रता को बढ़ाता है, उनकी यौन प्रबलता को दबाता है और आमतौर पर उन्हें तनाव महसूस करने के लिए मजबूर कर देता है।

तो क्या यह महज संयोग है कि हाल के दशकों में कैंसर, मधुमेह (डायबिटीज), हृदय रोग (हार्ट डिजीज) एवं अन्य निवारण-योग्य बीमारियों (प्रिवेंटिव इलनेस) की दरें बढ़ रही हैं? क्या यह भी संयोग ही है कि विश्व भर में हिंसक अपराधों व आतंकवादी घटनाओं की संख्या बढ़ती जा रही है? क्या कार्य-स्थलों में सुरक्षा-चक्र के अभाव तथा कर्मचारियों के लगातार बढ़ते तनाव का ही नतीजा नहीं है, जो हमारे आधुनिक युग को लगातार बड़ी तबाहियों की तरफ धकेल रहा है? शुक्र है कि अभी तक इसका ठोस प्रमाण नहीं मिला है कि कार्य-स्थलों के तनाव के कारणों के चलते ऐसा हो रहा है। लेकिन, ऐसी मौतों की संख्या जितनी बढ़ी है और जिस तेजी से बढ़ रही है, वह विश्व भर के विभिन्न संगठनों के नेतृत्वकर्ताओं के लिए गंभीर चुनौती है। कुछ हद तक ही सही, सभी नेतृत्वकर्ताओं को यह जवाबदेही तो लेनी ही पड़ेगी कि आखिरकार वे इसके लिए किस हद तक जिम्मेदार हैं।

वैसे, हमारी निगमित कार्य-संस्कृति (कॉरपोरेट वर्क-कल्चर) जिस तेजी से प्रदर्शन प्रोत्साहन योजनाओं (परफॉरमेंस इंसेंटिव स्कीम) पर तेजी से केंद्रित होती जा रही है और कार्य-स्थलों में सुरक्षा-चक्र की अनिवार्यता को जिस तरह हाशिए पर धकेला जा रहा है, उससे तो स्पष्ट संकेत मिलता है कि मौतों की भयानक संख्या में इसका योगदान भी कम नहीं है। कुल मिलाकर, हम यह तो कह ही सकते हैं कि हमारी नौकरियाँ लगातार हमारी जान की आफत बनती जा रही हैं। ऐसे में, बॉब चैपमैन के सच्चे मानवीय नेतृत्व की जरूरत

लगातार बढ़ती जा रही है। कर्मचारियों में तनाव इसलिए नहीं बढ़ता है कि वह कितने घंटे काम कर रहा है, बल्कि इससे बढ़ता है कि वह असुरक्षित माहौल में काम कर रहा है।

यही तो है सामाजिक या मानवीय नेतृत्व का रसायन-विज्ञान। जब तक हम मानव रसायन-विज्ञान की स्वाभाविकता को नहीं समझते हैं और सहज मानवीय संबंध नहीं बनाते हैं, तब तक हम न तो पारिवारिक कार्य-भावना का विकास कर सकते हैं और न ही सामाजिक या सामूहिक कार्य-भावना का। तो प्रभावी नेतृत्वकर्ता के रूप में हमारी सफलता का रहस्य मानवीय रसायन-विज्ञान में ही छुपा हुआ है।

□

3

नेतृत्वकर्ताओं की अनिवार्यता

यह बहुत ही उदात्त विचार (लॉफ्टी आइडिया) है कि हम सभी एक-दूसरे के बराबर रहें; न कोई कम, और न कोई ज्यादा। लेकिन तथ्य यही है कि हम कभी भी एक-दूसरे के बराबर नहीं रहे हैं, न अभी हैं और न कभी भी रह सकेंगे। इसके भी तार्किक कारण हैं। जरा सोचिए, हजारों वर्ष पहले जब पाषाण युग में हमारे पूर्वज कंदराओं में रहते थे और शिकार से अपना पेट भरते थे, तब यदि कोई विधि-नियम (रूल ऑफ लॉ) न होता तो क्या होता? जब वे लोग नए शिकार को लेकर अपनी जनजाति में लौटते तो हर कोई खाने के लिए दौड़ पड़ते। फिर उन लोगों के बीच जमकर धक्का-मुक्की होती। फिर जो भाग्य से रक्षात्मक खिलाड़ी की तरह लंबे-तगड़ा होते, उन्हें ही सबसे पहले खाने को मिलता; जबकि अपेक्षाकृत छोटे कदवाले कुशल शिकारी लोगों को लगातार पीछे धकेल दिया जाता और शायद उनके खाने के लिए कुछ बचता ही नहीं।

मानव जाति का पदानुक्रमिक विकास

यदि प्रकृति अपनी सभी प्रजातियों को जीवित रखना चाहती है

तो यह प्रणाली बहुत अच्छी नहीं कही जा सकती है। फिर, जिन लोगों को पीछे धकेल दिया गया होता, वे धकेलनेवालों पर क्यों विश्वास करते या फिर उनके साथ मिलकर काम करने को तैयार क्यों होते? फिर तो कोई समूह ही नहीं बन पाता और प्रजातियाँ अपने अस्तित्व को बचा ही नहीं पातीं और फिर उनकी संतति के आगे विकसित होने की संभावना ही नहीं बन पाती। तो, इस समस्या के समाधान के लिए हमारे पूर्वजों के समूह में पदानुक्रम प्रणाली (हायरार्की सिस्टम) को मान्यता मिलनी शुरू हो गई और वे पदानुक्रमिक प्राणियों के रूप में विकसित हुए।

हमारे पूर्वज स्वभावतः समझदार नहीं थे; लेकिन उन्होंने अपनी परिस्थितियों व अनुभवों से सबकुछ सीखा था, और हम भी ऐसा ही करते हैं। शुरुआती लड़ाई के बाद उन्होंने महसूस किया था कि अपने से ज्यादा ताकतवर व प्रभावशाली के साथ लड़ना अपनी जान गँवाना ही होगा, तो उन्होंने अपने से पहले उन्हें ही खाना खाने का मौका दे दिया और खुद को पीछे हटा लिया। जिन चंद प्रभावशाली लोगों के प्रति हमारे पूर्वजों ने डर या आदर का प्रदर्शन किया होगा, उन्होंने सेरोटोनिन के कारण खुद को समूह के बीच उच्च महसूस करना शुरू कर दिया। इस तरह, पदानुक्रम ने काम करना शुरू कर दिया और बाद में यही प्रभावशाली लोग समूह के सरदार या नेतृत्वकर्ता बन गए। फिर, समूह ने इन सरदारों के सामने संभोग करने की पहली पसंद जैसे अन्य लाभों के साथ-साथ मांस खाने की पहली पसंद को भी प्रस्तुत किया गया था। जब ये सरदार खा लेते थे, तब जनजाति के बाकी लोग खाना शुरू करते थे। वैसे, बाकी समूह को मांस का सबसे बढ़िया टुकड़ा खाने को नहीं मिलता था, लेकिन उन्हें अंततः खाने को जरूर मिलता था और उन्हें इसके लिए धक्का-मुक्की नहीं करनी पड़ती थी। इस तरह, सरदारों की छत्रच्छाया में पदानुक्रम प्रणाली

आपसी सहयोग के लिए और अधिक अनुकूल हो गई।

...और यही कारण है कि आज के आधुनिक समाज में भी हम ऐसे चंद प्रभावशाली लोगों (सिर्फ शारीरिक ताकत के लिए ही नहीं) को विशेष सुविधाएँ प्रदान कर पूरी तरह आराम की स्थिति में हैं। हमें इससे भी कोई समस्या नहीं होती कि कार्य-स्थल में कुछ लोग हमें पदानुक्रम में पीछे धकेल देते हैं और हमारे मुकाबले ज्यादा धन, बड़ा कार्यालय, बड़ा वाहन स्थल और अन्य बड़ी सुविधाएँ हासिल कर लेते हैं। हमें इससे भी कोई परेशानी नहीं होती कि धनी व प्रसिद्ध लोग पाँच-सितारा रेस्तराँओं में भोजन करते हैं और उनकी बाँहों में सबसे सुंदर लोग (पुरुष या स्त्री) होते हैं। सच्चाई यही है कि हम लोग इन प्रभावशाली लोगों को विशेष सुविधाएँ प्रदान कर उनकी छत्रच्छाया में आराम से रहने के इतने आदी हो गए हैं कि यदि उनके मान-सम्मान व सुविधाओं में कोई कमी हो गई तो हममें कुछ लोग खुद को अपमानित भी महसूस करते हैं। यही कारण है कि हममें से शायद कोई ऐसा होगा, जो अपने प्रधानमंत्री या राष्ट्रपति को अपना सामान खुद उठाते समय खुद को अपमानित नहीं महसूस करेगा।

और, यही कारण है कि हम अपने अधिकारियों व नेतृत्वकर्ताओं को बेहतर सुविधाएँ मिलने से असहज नहीं महसूस करते हैं, बल्कि उस आदर को खुद भी हासिल करने की कोशिश करते हैं। हम अपनी उपाधियों को अपने बैठकखाने में प्रमुखता से प्रदर्शित करते हैं, दूसरों को अपनी उपलब्धियों के बारे में बढ़-चढ़कर बताते हैं, व्यायाम के माध्यम से अपने को शारीरिक तौर पर सुडौल बनाए रखते हैं और समारोहों में बन-सँवरकर जाते हैं। हम चाहते हैं कि लोग हमें दूसरों से अधिक बुद्धिमान, शक्तिशाली व सुयोग्य समझें। कुल मिलाकर हम अपने को पदानुक्रम में आगे बढ़ाने और प्रभावशाली लोगों जैसी सुविधाएँ व सम्मान हासिल करने की ही कोशिशें कर रहे होते हैं।

प्रतिष्ठा-प्रतीकों (स्टेटस सिंबल) के पीछे भी हमारा यही मनोविज्ञान काम करता है। इसीलिए हम महँगे व प्रतिष्ठित ब्रांड की वस्तुओं का उपयोग करने के लिए इतना अधिक उतावलापन प्रदर्शित करते हैं।

वैसे, भौतिक वस्तुओं से भी हम अपनी प्रतिष्ठा की भावना को बढ़ा सकते हैं; लेकिन यह टिकाऊ नहीं होता है, क्योंकि इससे सामाजिक संबंध नहीं कायम होते। फिर, हमारे भीतर के निस्स्वार्थी रसायन हमें सामुदायिक व सामाजिक बंधनों को मजबूत बनाने में मदद करते हैं। लेकिन स्थायी प्रतिष्ठा व गौरव की अनुभूति प्राप्त करने के लिए हमें गुरु, माता-पिता, प्रशिक्षक, अधिकारी या नेतृत्वकर्ता के समर्थन की जरूरत पड़ती है। ध्यान रहे कि नेतृत्व-प्रतिष्ठा (लीडरशिप स्टेटस) की जरूरत सिर्फ लोगों को ही नहीं होती, बल्कि समुदायों को भी होती है। जैसे हम अपने समुदाय में अपनी प्रतिष्ठा को बढ़ाने की कोशिश करते हैं, उसी तरह कंपनियाँ भी अपने उद्योग-क्षेत्र में अपनी प्रतिष्ठा को बढ़ाने की लगातार कोशिशें करती हैं। इसीलिए फॉर्च्यून, फोर्ब्स आदि अंतरराष्ट्रीय वाणिज्य पत्रिकाएँ विभिन्न प्रकार की श्रेणी-सूची (रैंकिंग लिस्ट) प्रकाशित करती हैं।

नेतृत्व के लाभ मुफ्त में नहीं मिलते

वैसे तो सभी नेतृत्वकारी भूमिकाओं में आने की चाहत रखते हैं, ताकि उससे जुड़ी प्रतिष्ठा व लाभ हासिल हों; लेकिन नेतृत्व के लाभ मुफ्त में नहीं मिलते, बल्कि इसके लिए बड़ी कीमत भी चुकानी पड़ती है। लेकिन विडंबना यही है कि हमारे आधुनिक समाज में अधिकतर नेतृत्वकर्ता व संगठन अपने नेतृत्व की कीमत चुकाने से कतराते नजर आते हैं। वे अपनी नेतृत्वकारी भूमिकाओं के लाभ व प्रतिष्ठा को हासिल करने में गर्व महसूस करते हैं। इसमें कोई बुरी बात भी नहीं है। इससे नेतृत्वकर्ता व संगठन का आत्मविश्वास भी बढ़ता है और वे पहले से अधिक शक्तिशाली दिखाई पड़ते हैं। लेकिन, अपने नेतृत्व

को बेहतर लाभ व सुविधाएँ हासिल करते देखकर संगठन-कर्मियों का बाकी समूह यूँ ही खुश नहीं होता है, बल्कि उसके पीछे उसकी अपनी सुरक्षा की उम्मीद होती है। समूह के सदस्य यही उम्मीद करते हैं कि जब उन पर बाहरी संकट आएगा तो उनका नेतृत्व सबसे आगे बढ़कर उनकी सुरक्षा करेगा।

जी हाँ, नेतृत्व के विशेषाधिकार की बहुत बड़ी कीमत होती है और नेतृत्वकर्ताओं को अपने निजी हितों, यहाँ तक कि अपनी जान की भी कुरबानी देनी पड़ती है। यही कारण था कि हमारे पूर्वजों ने अपने सरदारों को संभोग करने की पहली पसंद की सुविधा भी दी थी। वे जानते थे कि समूह की सुरक्षा करने की कोशिश में नेतृत्वकर्ताओं की असमय मृत्यु भी हो सकती थी। और, वे चाहते थे कि उनके समूह में वे शक्तिशाली जनन-तत्त्व (जीन) हमेशा बचे रहें। हमारे पूर्वज मूर्ख नहीं थे। सरदार लोगों को भी बहुत अच्छी तरह मालूम था कि उन्हें विशेषाधिकार मुफ्त में नहीं मिल रहे थे, इसलिए वे भी अपने लोगों की सुरक्षा के लिए अपने जान की बाजी लगाना भी नेतृत्व की कीमत ही मानते थे। कुल मिलाकर यह मानव-समुदाय के बीच अस्तित्व की रक्षा और अपनी संतति को लगातार बढ़ाते जाने के लिए विकसित तथा पूरी तरह तार्किक सामाजिक अनुबंध (लॉजिकल सोशल कांट्रेक्ट) था।

यही कारण है कि जब निवेश साहूकार कंपनियों (इन्वेस्टमेंट बैंक) एवं अन्य वित्तीय कंपनियों के चंद नेतृत्वकर्ताओं को आश्चर्यजनक रूप से अधिक वेतन व अन्य भुगतान किए जाते हैं तो कर्मचारियों का बहुमत खुद को अपमानित-सा महसूस करता है। इसका अंकों से कोई लेना-देना नहीं है। इसका लेना-देना मानव स्वभाव में रचे-बसे पुरातनकालीन सामाजिक अनुबंध से है, जो तार्किक मानवीय मानकों (लॉजिकल ह्यूमन स्टैंडर्ड) पर पूरी तरह खरा उतरना चाहिए।

यदि हमारे नेतृत्वकर्ता पदानुक्रम प्रणाली में अपनी उच्च स्थिति की सुविधाओं का आनंद लेते हैं तो हम उनसे सुरक्षा प्रदान करने की उम्मीद भी करते हैं।

लेकिन, आधुनिक निगमित कार्य-संस्कृति की विडंबना यह है कि अत्यधिक भुगतान प्राप्त करनेवाले अधिकांश नेतृत्वकर्ता तार्किक मानवीय मानकों पर खरे नहीं उतर रहे हैं। वे धन व सुविधाएँ तो लेते हैं, लेकिन बदले में हमें स्वाभाविक मानवीय सुरक्षा नहीं प्रदान करते। कई मामलों में तो यह भी देखने को मिलता है कि नेतृत्वकर्ता अपने निजी हितों की रक्षा व बढ़त के लिए कर्मचारियों के सामूहिक हितों का भी बलिदान कर देते हैं। यह तो स्वाभाविक मानवीय भावनाओं का खुलेआम अपमान और नेतृत्वकर्ता होने की तार्किक परिभाषा का ही उल्लंघन करता हुआ नजर आता है। और, ऐसी स्थिति में ही हम उन पर लालची होने तथा ज्यादती करने के आरोप लगाते हैं। साफ है कि जो लोग अपने समूह की भलाई के लिए अपने निजी हितों का त्याग करने के इच्छुक नहीं हैं, वे सामाजिक पदानुक्रम में अपना स्थान हासिल नहीं कर सकते। सच्चाई यही है कि ऐसे लोगों में नेतृत्वकर्ता होने के स्वाभाविक गुण ही नहीं होते।

याद रहे कि आधिकारिक पदों पर आसीन हो जाने भर से कोई नेतृत्वकर्ता हो सकता है। नेतृत्व औपचारिक पद के साथ या उसके बिना भी दूसरों की सेवा करने की व्यक्ति विशेष की स्वयं की इच्छा या पसंद है। हम अपने कार्य-स्थलों में अकसर देखते हैं कि संगठन के आधिकारिक पदों पर विराजमान अनेक लोग नेतृत्वकर्ता नहीं होते हैं, जबकि पदानुक्रम में निचले स्थानों पर काम करनेवाले अनेक लोग सचमुच में नेतृत्वकर्ताओं की भूमिका निभाते नजर आते हैं। नेतृत्वकर्ता के पदों पर विराजमान लोगों को ज्यादा वेतन व सुविधाएँ इसीलिए दी जाती हैं कि वे अपने समूह में दूसरों से ज्यादा सक्षम होते

हैं। इसीलिए जब वे अपनी सुविधाओं का आनंद लेते हैं तो समूह के लोगों को असहज भी नहीं लगता। लेकिन, जब वे लोग अपने समूह के लोगों की सचमुच में चिंता करने के इच्छुक नहीं दिखते हैं तो लोग वास्तव में उन्हें नेतृत्व का आदर नहीं दे पाते। जब तक वे अपने साथियों के हितों की रक्षा के लिए अपनी सुविधाओं का त्याग करने के लिए तत्पर नहीं दिखाई देते, तब तक वे नेतृत्वकर्ता होने का वास्तविक सम्मान भी अर्जित नहीं कर सकते।

असल नेतृत्वकर्ता वही होते हैं, जो कई मुद्दों पर असहमत होने के बावजूद हर समय अपने लोगों की भलाई के लिए तत्पर दिखाई पड़ते हैं। सिर्फ विचार साझा करने भर से ही कार्य समूह व नेतृत्व के बीच भरोसा कायम नहीं होता। भरोसा जीव-वैज्ञानिक प्रतिक्रिया (बायोलॉजिकल रिएक्शन) है, जो इस धारणा से शुरू होती है कि किसी के दिल में हमारी भलाई के लिए जगह है। हम उसी को अपना नेतृत्वकर्ता मानते हैं, जो हमारे लिए अपना कुछ त्याग करने की इच्छा प्रदर्शित करता है। यह त्याग उसका समय, उसकी ऊर्जा, उसका धन और यहाँ तक कि उसकी थाली में परोसा गया भोजन भी हो सकता है। जी हाँ, सबसे अधिक सम्मानित नेतृत्वकर्ता वही माने जाते हैं, जो जरूरत पड़ने पर सबसे बाद में स्वयं भोजन करने का चुनाव करते हैं। सेनाओं के नेतृत्वकर्ताओं में अकसर इस तरह की स्वाभाविक प्रवृत्तियाँ नजर आती हैं। यही कारण है कि अपने नेतृत्वकर्ता के इशारे पर सेना अपनी जान की भी परवाह नहीं करती है।

संगठनों के बड़े पदों पर आसीन जो लोग बिना अपनी जिम्मेदारी निभाए अपनी प्रतिष्ठा व सुविधाएँ हासिल करने की कोशिश करते हैं, उन्हें कमजोर नेतृत्वकर्ता माना जाता है। वे भले ही अपनी तकनीकी योग्यता के कारण बड़े पदों पर आसीन हो जाएँ, लेकिन उन्हें नेतृत्वकर्ता का वास्तविक सम्मान तभी हासिल हो पाता है, जब वे अपने समूह के

हितों की रक्षा करने की स्वाभाविक जिम्मेदारी निभाते हैं। यही कारण है कि संगठनों के पदानुक्रम में उच्च स्थान पर आनेवाले लोगों में से हम उन्हें ही भरोसे व निष्ठा के योग्य सच्चा नेतृत्वकर्ता मानते हैं, जो अपनी व्यक्तिगत कोशिशों से नहीं, बल्कि अपनी त्याग की इच्छा के कारण कार्य समूहों से आभार-स्वरूप उच्चतर प्रतिष्ठा हासिल करते हुए वर्तमान पद तक पहुँच सके हैं। वैसे, सभी नेतृत्वकर्ता—यहाँ तक कि अच्छे नेतृत्वकर्ता भी कई बार स्वार्थी रसायनों के प्रभाव में आकर स्वार्थी व सत्ता के भूखे बन सकते हैं। कभी-कभी ये नेतृत्वकर्ता अपने स्तर को फिर से हासिल करने में सक्षम हो जाते हैं; लेकिन जब उन्हें अपने पुराने दिनों की स्वाभाविक प्रतिष्ठा व कार्य समूहों के अटूट भरोसे व निष्ठा की याद आती है तो वे पछताते भी हैं।

अब सबसे बड़ा प्रश्न खड़ा होता है कि आखिरकार वह कौन सी चीज है, जो अच्छे नेतृत्वकर्ताओं का निर्माण करती है और उन्हें सुर्खियों का त्याग कर अपने लोगों की सहायता एवं रक्षा के लिए समय व ऊर्जा खपाने के लिए प्रेरित करती है? उत्तर है—कार्य-स्थल का सुरक्षा-चक्र। जब हम अपने कार्य-स्थल में खुद को सुरक्षित महसूस करते हैं तो अपने नेतृत्वकर्ता के सपनों को साकार करने के लिए अपना खून, पसीना, आँसू सबकुछ झोंकने के लिए प्रस्तुत हो जाते हैं। लेकिन, नेतृत्वकर्ताओं के लिए यह हमेशा याद रखने की बात है कि वे भी जरूरत पड़ने पर अपने लोगों के लिए सबकुछ खुशी-खुशी न्योछावर करने के लिए तैयार रहेंगे।

खून-पसीना-आँसू चाहिए तो त्याग करें

हमने पहले अध्याय में बॉब चैपमैन के सच्चे मानवीय नेतृत्व के बारे में पढ़ा है, जब 14 सितंबर, 2008 को लेहमन ब्रदर्स के दिवालिया होने के साथ 'वैश्विक वित्तीय संकट-2008' अपने तीव्र चरण में पहुँच गया था। फिर, अमेरिकी व यूरोपीय बैंकों की विफलताओं

के सामने आने के बाद अमेरिकी व यूरोपीय सरकारों ने अपनी वित्तीय संस्थाओं को बचाने की कोशिशें शुरू की थीं। लेकिन, विश्व अर्थव्यवस्था गंभीर वित्तीय संकट में उलझती चली गई थी। इसकी मार बॉब चैपमैन की औद्योगिक मशीन निर्माता कंपनी बैरी-वेहमिलर पर भी पड़ी थी, क्योंकि विश्व के विनिर्माण उद्योग (मैन्युफैक्चरिंग इंडस्ट्री) में उसकी मशीनों की माँग अचानक 30 प्रतिशत तक गिर गई थी। ऐसे में, बॉब चैपमैन के सामने भी अपनी इकाइयों का उत्पादन स्तर घटाने के लिए कर्मचारियों की छँटनी करने के अलावा और कोई विकल्प नहीं रह गया था।

लेकिन, बॉब चैपमैन के सामने सबसे बड़ा संकट यह था कि वह खुद को 'सच्चा मानवीय नेतृत्व' के विश्वव्यापी पक्षधर के रूप में उभारने की कोशिशें कर रहा था और वह अपने क्रांतिकारी कदमों से पीछे नहीं हट सकता है। यह चैपमैन के लिए गंभीर परीक्षा की घड़ी थी। अब से पहले उसके सामने ऐसी नौबत नहीं आई थी कि कर्मचारियों की छँटनी करनी पड़े। विश्व भर में कंपनियाँ अपने कर्मचारियों की छँटनी की घोषणाएँ कर रही थीं और बेरोजगारी का संकट अपने चरम पर पहुँचने लगा था। ऐसी स्थिति में यदि चैपमैन भी यही आसान विकल्प चुनता तो भी कोई अनहोनी नहीं मानी जाती। लेकिन, चैपमैन अजीबोगरीब धर्म-संकट में फँसा हुआ था। वह अपनी कंपनी को एक बड़े परिवार के रूप में देखता आया था और खुद को उसका अभिभावक। तो फिर संकट की इस घड़ी में वह अपने पारिवारिक सदस्यों को उनकी रोजी-रोटी से कैसे वंचित कर सकता था? उसे इस प्रश्न का कोई सटीक उत्तर नहीं मिल पा रहा था।

अंततः बॉब चैपमैन ने अपने दिल की सुनने की ठानी थी और तत्काल घोषित किया था कि बैरी-वेहमिलर में कोई भी छँटनी नहीं होगी, चाहे जो भी हो। उसने कहा था, ''हम कभी भी कठिन

परिस्थितियों में अपने बच्चों से छुटकारा पाने का सपना नहीं देख सकते। यदि कुछ भी होगा तो समूचा परिवार एक साथ रहेगा। हो सकता है कि एक साथ पीड़ा भी झेले, लेकिन अंततः संकट के समय में एक साथ मिलकर काम करेगा।''

लेकिन, बैरी-वेहमिलर को वित्तीय संकट से बचाना और उसके राजस्व-प्रवाह को संतुलित रखना बहुत जरूरी था। इसीलिए, बॉब चैपमैन ने छँटनी करने की बजाय अल्पकालीन छुट्टी योजना (फरलो प्रोग्राम) को लागू करने का फैसला किया था। इस योजना में सभी के साथ एक जैसा व्यवहार करने का भी फैसला हुआ था। इस योजना के मुताबिक, हरेक कर्मचारी, मुख्य कार्यकारी अधिकारी (सी.ई.ओ.) से लेकर सेवक तक—सभी को चार सप्ताह की भुगतान-रहित आराम पर जाने के लिए कहा गया था। इतना ही नहीं, बॉब चैपमैन ने यह भी सुनिश्चित किया था कि इस फैसले को लागू करने में किसी को भी किसी तरह की परेशानी न हो, इसलिए सभी को अपनी सुविधा के अनुसार छुट्टी की अवधि तय करने की छूट भी दी गई थी। चैपमैन ने 'जैसी कथनी, वैसी करनी' के नेतृत्व-सिद्धांत को अनोखे तरीके से लागू किया था। उसने घोषणा की थी, ''यह बेहतर होगा कि हम थोड़ी-थोड़ी पीड़ा झेलें, ताकि हममें से किसी को भी बहुत अधिक पीड़ा न झेलनी पड़े।''

अनुमान लगाइए कि बॉब चैपमैन की घोषणा के बाद बैरी-वेहमिलर में कैसा माहौल बना होगा! हम जानते हैं कि जब कोई कंपनी छँटनी की घोषणा करती है तो वहाँ पर कैसी मुर्दनी-सी छा जाती है। जो कर्मचारी छँटनी के दायरे में आने से बच जाते हैं, वे भी पूरे मन से काम नहीं कर पाते और हमेशा अपनी सुरक्षा के तरीके खोजने में लगे रहते हैं। लेकिन, चैपमैन द्वारा सच्चे मानवीय नेतृत्व की अपनी स्वाभाविक भूमिका निभाने की घोषणा का बैरी-वेहमिलर

के कार्य-स्थल वातावरण पर व्यापक असर हुआ था। वैसे तो पहले से बैरी-वेहमिलर के कर्मचारियों के बीच जबरदस्त सामूहिक कार्य-भावना थी, लेकिन अब वे कई गुना अधिक उत्साह के साथ एक दूसरे की मदद करने में जुट गए थे। जो अधिक बरदाश्त कर सकने की स्थिति में था, उसने कम बरदाश्त कर सकनेवाले साथियों के बदले में ज्यादा समय के लिए भुगतान-रहित छुट्टी पर जाने का फैसला किया था। मतलब, जिन कर्मचारियों के लिए अपनी दिहाड़ी तोड़ना संभव नहीं था, उन्हें छुट्टी पर जाने की नौबत नहीं आई। हालाँकि, कंपनी के फैसले के मुताबिक किसी के लिए ऐसा करना कोई मजबूरी नहीं थी। संकट की इस घड़ी में कर्मचारी बिना किसी दबाव के अपना सामूहिक कर्तव्य निभाने में खुशी महसूस कर रहे थे। कर्मचारियों ने संकट की व्यक्तिगत पीड़ा को सामूहिक कर्तव्य के हवन-कुंड की आहूति बना दिया था और बैरी-वेहमिलर की इकाइयों में सहानुभूति-यज्ञ का वातावरण कायम हो गया था।

स्पष्ट है कि जिस कार्य-स्थल में इतना सकारात्मक वातावरण होगा, वहाँ नतीजे भी सकारात्मक ही होंगे। ज्यों ही बैरी-वेहमिलर की वित्तीय स्थिति पटरी पर लौटनी शुरू हुई थी, शीर्ष नेतृत्व ने 'अल्पकालीन छुट्टी योजना' को वापस ले लिया था। इतना ही नहीं, कंपनी ने न केवल 'सेवानिवृत्ति बचत योजना' (रिटायरमेंट सेविंग प्लान) को फिर से शुरू कर दिया था, बल्कि संकट की अवधि के दौरान रोके गए कुल अंशदान का भी भुगतान कर दिया था। इस तरह उसने नेतृत्वकर्ता होने का अपना कर्तव्य निभाया था और संकट की घड़ी में अपने समूह की रक्षा की थी। इसके बदले में बैरी-वेहमिलर के कर्मचारियों ने खून-पसीना-आँसू बहाकर न केवल अपने नेतृत्व के सपने को साकार किया था, बल्कि अपनी अटूट निष्ठा का प्रदर्शन भी किया था। इसका सबूत यह है कि धन-लाभ के लिए बैरी-वेहमिलर

को छोड़कर जानेवाले कर्मचारियों की संख्या काफी कम रही है।

इसकी सबसे बड़ी वजह यह है कि पाषाण काल से अभी तक मानवजाति की सबसे बड़ी समस्या अपनी व अपने समूह की सुरक्षा ही रही है। जो नेतृत्वकर्ता अपने समूह की सुरक्षा के लिए अपने निजी हितों की कुरबानी दे पाने में सक्षम रहे हैं, उन पर वह समूह अपना सर्वस्व लुटाने के लिए तैयार रही है। बैरी-वेहमिलर का उदाहरण इसका सबूत है। जो संगठन अपने कार्य-स्थलों में शीर्ष प्रबंध सुरक्षा-चक्र का निर्माण करने में सफल रहते हैं, वहाँ पर सामूहिक कार्य-भावना प्रबल होती हैं और उनके कार्य समूह किसी भी बाहरी खतरे से मुकाबले के लिए बेहतर सुसज्जित होते हैं। यही कारण है कि अच्छे नेतृत्वकर्ता विशेष रूप से संकट की घड़ी में अपने कार्य समूहों की सुरक्षा को सुनिश्चित करने के लिए कुछ भी करने को तैयार रहते हैं। वे जानते हैं कि इसके बदले में उनके लोग अपने समूह तथा अपनी कंपनी को आगे बढ़ाने और मजबूत बनाने के लिए खून, पसीना, आँसू बहाने के लिए तत्पर होंगे। फलस्वरूप, मजबूत कार्य समूह व मजबूत कंपनी और अधिक लोगों में ज्यादा लंबे समय के लिए सुरक्षा व संरक्षण की भावना सुनिश्चित कर सकेगी। ऐसे ही मजबूत कंपनी व मजबूत कार्य समूह किसी भी परिस्थिति में लगातार नवाचार कर पाने में सक्षम होती है और अपने क्षेत्र में नेतृत्वकारी भूमिका निभाने में सफल रहती है।

रासायनिक निर्भरता व संतुलन की जरूरत

हमने दूसरे अध्याय में विस्तार से पढ़ा है कि पाषाण काल से ही व्यक्ति विशेष व समूह के रूप में मानव जाति के अस्तित्व की रक्षा के लिए हमारे शरीर में स्वार्थी (एंडॉर्फिन व डोपामाइन) व निस्स्वार्थी (सेरोटोनिन व ऑक्सीटॉक्सिन) की उपस्थिति अनिवार्य रही है। यह रसायन हमारी आवश्यकता और हमारी परिस्थिति के

मुताबिक अपनी-अपनी भूमिकाएँ अदा करती हैं। हम एंडॉर्फिन के कारण कठिन कार्य करने के लिए अपनी मांसपेशियों के माध्यम से कठिन परिश्रम करने की क्षमता हासिल करते हैं। डोपामाइन की पुरस्कृत करने की शक्ति के कारण हम लक्ष्यों को निर्धारित करने, ध्यान केंद्रित करने तथा कार्यों को पूरा करने की योग्यता हासिल करते हैं। इन रसायनों के सम्मिलित प्रभाव के कारण प्रगति करना अच्छा लगता है, इसीलिए मानव जाति प्रगति करती हुई आधुनिक युग तक पहुँचने के बाद भी उसे निरंतर आगे बढ़ा रही है।

इसी तरह, सेरोटोनिन के कारण हम माता-पिता, गुरु, प्रशिक्षक, अधिकारी या नेतृत्वकर्ता के रूप में अपने बच्चों, शिष्यों, खिलाड़ियों व कर्मचारियों की देखभाल करने और उनके महान् कार्य पर गर्व महसूस करने के लिए प्रेरित होते हैं। इसी तरह, सेरोटोनिन के कारण ही बच्चे, शिष्य, खिलाड़ी व कर्मचारी भी अपनी देखभाल करनेवाले माता-पिता, गुरु, प्रशिक्षक, अधिकारी या नेतृत्वकर्ता को गर्वित करने के लिए महान् कार्य करने के लिए प्रेरित होते हैं। सेरोटोनिन हमें अपने सच्चे अनुयायियों या कार्यकर्ताओं को खोजने में और अपने नेतृत्वकर्ताओं के लिए अच्छा करने में भी मदद करता है।

और, सबसे रहस्यमयी शक्तिवाला रसायन ऑक्सीटॉक्सिन है, जो हमें प्रेम व विश्वास का बंधन बनाने में मदद करता है। ऑक्सीटॉक्सिन के कारण ही हम बहुत से लोगों के साथ इतने मजबूत संबंध कायम कर लेते हैं कि संपूर्ण भरोसे के साथ फैसले कर पाते हैं। हमें पक्का पता होता है कि हम जिनकी चिंता करते हैं, वे हमारे फैसले के पक्ष में ही खड़े होंगे। इसी रसायन के कारण हमें यह भी पता होता है कि जो लोग हमारी देखभाल करते हैं, वे जरूरत पड़ने पर हमारी मदद या समर्थन के लिए खड़े होंगे। ऑक्सीटॉक्सिन ही हमें स्वस्थ रखता है, हमारे मस्तिष्क को खोलता है और जीव वैज्ञानिक

रूप से हमें बेहतर समस्या-निवारक (प्रॉब्लम सॉल्वर) बनाता है। और, ऑक्सीटॉक्सिन के कारण ही हम दीर्घकालीन प्रगति करने के लिए प्रेरित होते हैं।

लेकिन, रोचक तथ्य यह है कि मानव प्रजाति द्वारा विकसित चीजों की तरह ही उसके लिए प्राकृतिक रूप से विकसित रासायनिक निर्भरताओं वाली जीव-वैज्ञानिक प्रणाली भी बिल्कुल सही (परफेक्ट) नहीं है। प्रकृति ने सभी मनुष्य शरीर को इन सभी रसायनों का एक समान पुरस्कार दिया है; लेकिन इनके स्राव की एक समान मात्रा व विशुद्ध आवंटन की एक समान व्यवस्था नहीं बनाई है। इसीलिए एक ही परिस्थितियों में सभी मनुष्यों में इन सभी रसायनों का एक समान मात्रा में तथा एक समान अनुपात में स्राव नहीं होता है। कभी-कभी ये सभी रसायन एक साथ भी स्रावित होते हैं, लेकिन उनकी मात्राएँ अलग-अलग हो सकती हैं। इतना ही नहीं, मनुष्य गलत कारणों से रासायनिक स्राव के लिए अपनी जीव-वैज्ञानिक प्रणाली को अपने हिसाब से अनुकूलित भी कर सकता है।

उदाहरण के लिए, स्वार्थी रसायन (एंडॉर्फिन व डोपामाइन) हमें अल्पकालीन पुरस्कार देता है, जिससे हम श्रमसाध्य कार्य कर अपनी प्रगति करने के लिए प्रेरित होते हैं। चूँकि अपना हित अपनी प्रगति सभी को अच्छा लगती है, इसीलिए अधिकांश लोग अपने बारे में ही सोचते रहते हैं और उनके शरीर में लगातार एवं अधिक मात्रा में स्वार्थी रसायनों के स्राव होते रहते हैं। यही कारण है कि अधिकतर लोग इन स्वार्थी रसायनों के आदी हो जाते हैं और उनके स्वभाव में स्वार्थ की प्रबलता बढ़ जाती है। इसके उलट, निस्स्वार्थी रसायन (सेरोटोनिन व ऑक्सीटॉक्सिन) हमें दीर्घकालीन पुरस्कार देता है, जिनसे हम दूसरों की देखभाल कर उनकी सफलता में गर्वित होने और अपने समूह में प्रेम व भरोसे का बंधन कायम करने के लिए प्रेरित

होते हैं। चूँकि मनुष्य के इन सामाजिक अनुभूतियों के विकसित व फलित होने में बहुत अधिक समय लगता है, इसलिए हमारे शरीर में निस्स्वार्थी रसायनों का स्राव धीरे-धीरे होता है। इसलिए अधिकतर लोगों के स्वभाव में स्वार्थ का हिस्सा अधिक होता है और निस्स्वार्थ का काफी कम।

विडंबना यह है कि हम दूसरों को निस्स्वार्थी होने के लिए प्रोत्साहित भी नहीं कर सकते, क्योंकि हमारा प्रोत्साहन भी हमारे शरीर के अंदर के रासायनिक स्रावों द्वारा सुनिश्चित होता है। असल में, हमें उन्हीं क्रिया-कलापों को दोहराने की इच्छा होती है, जो हमें अच्छा महसूस कराते हैं या फिर हमारे तनाव या दर्द को टालते हैं। और, जिन कार्यों को हमें दोहराने की इच्छा होती है, हम उन्हीं कार्यों को बार-बार करने के लिए प्रोत्साहित होते हैं। तो, हमारा प्रोत्साहन हमारी इच्छा का ही कार्य है। इस तरह हमारे पास एक ही विकल्प बचता है कि हम ऐसा वातावरण तैयार करें, जिसमें उचित कारणों से उचित रसायनों के स्राव हों। जैसे, यदि हम अच्छे नेतृत्वकर्ता होने के नाते अपने कार्य-स्थल में सुरक्षा-चक्र का निर्माण कर कार्य समूहों में सामूहिक कार्य-भावना विकसित करने की कोशिश करते हैं तो एक-दूसरे की देखा-देखी समूचा समूह ही आत्म-प्रेरित (सेल्फ मोटीवेटेड) हो जाता है।

वास्तव में, किसी भी संगठन के नेतृत्वकर्ता का लक्ष्य संतुलन कायम करना ही होता है। जिन कार्य-स्थलों में व्यक्तिगत उपलब्धियों को प्राथमिकता दी जाती है, वहाँ के कर्मचारियों में डोपामाइन का स्राव अधिक होता है और वे उसके नशे में स्वयं के लिए बहुत कुछ हासिल करने की कोशिशें करते हैं। लेकिन, वहाँ पर सामूहिक कार्य-भावना नहीं पनपती है; सभी एक-दूसरे को अपना प्रतिस्पर्धी मानते हैं और तमाम व्यक्तिगत आर्थिक उपलब्धियों के बावजूद खुद

को अकेला व असुरक्षित महसूस करते हैं। इसके उलट, यदि हम हिप्पी समुदाय में रहें तो आपसी प्रेम व भाईचारे के कारण हमारे भीतर ऑक्सीटॉक्सिन का स्राव बढ़ जाएगा। लेकिन, निश्चित लक्ष्य व महत्त्वाकांक्षा के अभाव में ऐसे समूहों के सदस्य उपलब्धियों (व्यक्तिगत व सामूहिक दोनों) की तीव्र भावनाओं को मना कर देते हैं और तमाम प्रेम-भावनाओं के बावजूद खुद को असफल ही महसूस करते हैं। इसीलिए कुशल नेतृत्वकर्ता अपने कार्य-स्थल में व्यक्तिगत व सामूहिक उपलब्धियों का संतुलन कायम रखने की कोशिश करते हैं, ताकि कार्य समूह के सदस्यों के बीच स्वार्थी व निस्स्वार्थी रसायनों का संतुलित मात्रा में स्राव हो।

इस तरह, जब हमारी जीव-वैज्ञानिक प्रणाली संतुलन में रहती है तो हम अपने भीतर साहस, प्रेरणा, दूरदर्शिता, रचनात्मकता, सहानुभूति जैसी अलौकिक कार्यक्षमता का लाभ महसूस करते हैं। और जब ये चीजें एक साथ मिलकर काम करती हैं तो नतीजे भी अनोखे ही मिलते हैं।

भरोसा चाहिए तो लोगों को प्रशिक्षण दें

हम अपने माता-पिता, गुरु, प्रशिक्षक, अधिकारी या नेतृत्वकर्ता द्वारा बनाए गए नियमों का बिना किसी प्रकार की हिचकिचाहट के केवल इसीलिए पालन नहीं करते हैं कि वे हमारी देखभाल करते हैं और हमारी उपलब्धियों पर खुश होते हैं तथा गर्व करते हैं। हम ऐसा इसलिए करते हैं, क्योंकि हम उन पर भरोसा करते हैं। और सबसे रोचक तथ्य यह है कि हम उन पर इसलिए भरोसा करते हैं कि हमें पता होता है कि यदि कोई नियम हमारे हित में नहीं होगा तो वे उन नियमों को तोड़ने में भी देर नहीं करेंगे। तो, कार्य-स्थल में सामान्य परिचालन के लिए नेतृत्व द्वारा नियम बनाए व लागू किए जाते हैं। इन नियमों की रचना संभावित खतरों से बचने और कार्य-व्यवहारों की

स्वाभाविकता को बनाए रखने के लिए की जाती हैं। वैसे तो हमारे कार्य-स्थलों में आपात-स्थितियों से निपटने के लिए भी पहले से ही दिशा-निर्देश तय किए जाते हैं, लेकिन नेतृत्व को विशेष परिस्थितियों में समूह व संगठन के हितों की रक्षा के लिए उन नियमों व दिशा-निर्देशों को तोड़ने का विशेषाधिकार भी प्रदान किया जाता है। ऐसा इसलिए किया जाता है कि हम अपने नेतृत्व की विशेषज्ञता व कार्य-निष्ठा पर भरोसा करते हैं।

इसीलिए, सच्चे मानवीय नेतृत्व के विकास को प्राथमिकता देनेवाले संगठन अपने कार्य-स्थलों में सुरक्षा-चक्र व सामूहिक कार्यभावना का विकास करने के साथ-साथ अपने लोगों प्रशिक्षित करने के लिए उन्हें बिना किसी दबाव व थकान के पूरी तरह अपने काम में ध्यान केंद्रित करने का मौका भी देते हैं। ऐसे संगठन सामान्य प्रशिक्षण वर्गों के अलावा भी अपने लोगों को आत्म-सुधार (सेल्फ इंप्रूवमेंट) के अनंत अवसर प्रदान करते हैं। वे जितना अधिक अनुभवी व आत्मविश्वासी बनते जाते हैं, संगठन उनकी जिम्मेदारियों को भी बढ़ाता जाता है। और, अंतत: ऐसे अनुभवी व निष्ठावान् व्यक्तियों पर संगठन के शीर्ष प्रबंधन के साथ-साथ उनके सहकर्मी भी उन पर भरोसा करने को तैयार हो जाते हैं और उन्हें नियमों को तोड़ने का अधिकार भी प्रदान कर देते हैं। और, सच्चा मानवीय नेतृत्वकर्ता उभरकर सामने आता है, जो समूह व संगठन के हितों के लिए स्थापित नियमों को तोड़ने की हिम्मत जुटा पाता है।

ध्यान रहे कि हम नियमों व दिशा-निर्देशों एवं प्रौद्योगिकियों पर बहुत हद तक 'आश्रित' (रिलाय) तो हो सकते हैं, लेकिन 'भरोसा' (ट्रस्ट) नहीं कर सकते। 'भरोसा' तो अति विशिष्ट मानवीय अनुभव है, जो हमारे शरीर में स्रावित होनेवाले रसायन ऑक्सीटॉक्सिन के कारण पैदा होती है। और, यह ऑक्सीटॉक्सिन तब स्रावित होता है,

जब कोई हमारी सुरक्षा व संरक्षण के लिए काम करता है। इस तरह, सच्चा भरोसा तो मानवों के बीच में ही संभव हो सकता है। यह तभी और उन्हीं के लिए पैदा हो सकता है, जब हम अनुभव करते हैं कि वे हमारे बारे में सचमुच में चिंता करते हैं और हमारे हितों की रक्षा के लिए होशपूर्वक सक्रिय हैं। लेकिन प्रौद्योगिकियाँ चाहे कितनी भी उन्नत व परिष्कृत क्यों न हों, वे हम मनुष्यों की बिल्कुल भी चिंता नहीं करतीं क्योंकि वे ऐसा कर ही नहीं सकतीं। प्रौद्योगिकियाँ तो बस मनुष्य द्वारा भरी गई पूर्व अनुमानित दिशा-निर्देशों के अनुसार ही प्रतिक्रिया कर पाती हैं। वे तो मशीन हैं; मनुष्य की तरह विवेकशील हो ही नहीं सकतीं कि बिल्कुल नई परिस्थिति में कुछ निर्णय ले सकें। वे तो लकीर की फकीर हैं और दिशा-निर्देशों का अनुसरण भर कर पाती हैं। दिशा-निर्देशों की पुस्तिकाएँ भले ही कितनी भी व्यापक क्यों न हों उनमें सभी संभावित घटनाओं को शामिल ही नहीं किया जा सकता।

आप अपने लिए ही कोई नियमावली बनाकर देखिए, क्या आप उसका हमेशा अनुसरण कर सकते हैं? बिल्कुल नहीं, क्योंकि हमारे सामने ऐसी परिस्थितियाँ आती रहती हैं, जिनके बारे में हमने सोचा नहीं होता है, और कोई सोच भी नहीं सकता है। जरा सोचकर देखिए, हम जिनसे बहुत प्यार करते हैं, वे हमसे क्यों नाराज हो जाते हैं? इसीलिए कि उन्होंने हमारे कार्य-व्यवहारों के बारे में जो अनुमान लगाया होता है, यानी उनके कंप्यूटर (मस्तिष्क) में हमारे बारे में जो सूचनाएँ भरी हुई होती हैं, वे उनके लिए दिशा-निर्देश पुस्तिका की तरह काम करती हैं, और वे उन्हीं दिशा-निर्देशों का अनुसरण करते हुए हमारे कार्य-व्यवहारों के बारे में अनुमान लगा रहे होते हैं। जब उनके अनुमान हमारे बिल्कुल नए कार्य-व्यवहारों के साथ मेल नहीं खाते तो हम उन्हें कोई नया व्यक्ति ही लगने लगते हैं। आखिरकार

ऐसे संबंध कब तक टिके रह सकते हैं? अब जरा सोचिए कि नौकरशाह अकसर लोगों पर गुस्सा करते हुए क्यों नजर आते हैं? इसीलिए कि वे हमेशा अपनी दिशा-निर्देश पुस्तिकाओं का अनुसरण करने की कोशिश करते हैं, लेकिन यह नहीं विचार करते कि वे दिशा-निर्देश लोगों की मदद या सुरक्षा के लिए निर्धारित किए गए थे। और, वे ऐसा इसलिए नहीं कर पाते हैं कि वे वास्तव में लोगों की चिंता नहीं करते हैं, और संभवतः करना भी नहीं चाहते हैं। तो फिर पहले से निर्धारित दिशा-निर्देशों के आधार पर मानवीय संबंध कब तक टिके व सफल रह सकते हैं?

वास्तव में, कोई भी संबंध दोतरफा होते हैं, एकतरफा नहीं। इसीलिए, 'भरोसे' का सच्चा सामाजिक लाभ भी दोतरफा संबंधों के आधार पर ही मिल सकता है, एकतरफा संबंधों पर नहीं। यही कारण है कि कार्य समूह अपने नेतृत्वकर्ता पर चाहे जितना भी भरोसा करना चाहे, जब तक नेतृत्वकर्ता भी उन पर उतना ही भरोसा नहीं करते हैं, दोनों के बीच भरोसे का संबंध कायम नहीं हो सकता है। इस तरह, भले ही नेतृत्वकर्ता कितनी भी कोशिशें कर ले, जब तक कार्य समूह उस पर भरोसा नहीं करता, कार्य-स्थल में भरोसे का वातावरण कायम नहीं हो सकता है। स्पष्ट है कि कर्मचारी व संगठन के हित अलग-अलग नहीं हो सकते। यह भी बिल्कुल वैवाहिक संबंधों या अन्य नजदीकी संबंधों की तरह है, जो एकतरफा नहीं चल सकते। यही कारण है कि भरोसे का संबंध कायम करने के लिए भी दोतरफा प्रशिक्षण की जरूरत पड़ती है।

विशेष रूप से कार्य-स्थलों में, नेतृत्वकर्ताओं को आगे बढ़कर इसकी जिम्मेदारी लेनी पड़ती है और अपने लोगों को प्रशिक्षित करना पड़ता है उनमें दिशा-निर्देशों के पालन की आदत विकसित करनी पड़ती है, उनकी कुशलताओं को सुधारना पड़ता है और उनमें आत्मविश्वास

का निर्माण करना पड़ता है। लेकिन, नेतृत्वकर्ताओं की जिम्मेदारी यहीं खत्म नहीं हो जाती, बल्कि अब उन्हें एक कदम पीछे हटाकर अपने लोगों पर यह भरोसा करना पड़ता है कि अब उनके लोग जानते हैं कि वे क्या कर रहे हैं और वे वही करेंगे, जो उन्हें करना चाहिए। याद रखें, जो संगठन कमजोर होते हैं, यानी जहाँ नेतृत्वकर्ताओं ने अपने कर्मचारियों को भरोसे के लिए विकसित नहीं किया है, वहाँ पर कई लोग अपने हितों के लिए दिशा-निर्देशों को तोड़ते हैं। लेकिन, जो संगठन मजबूत होते हैं, यानी जहाँ नेतृत्वकर्ता ने अपने कार्य समूह को भरोसा करने योग्य बनाने के लिए प्रशिक्षित किया है, वहाँ पर भी कई लोग दिशा-निर्देशों को तोड़ सकते हैं। लेकिन वे ऐसा इसलिए करते हैं कि वैसा करना कार्य समूह या संगठन के हितों के लिए जरूरी होता है। इस तरह, स्पष्ट है कि हमें लोगों पर भरोसा करने की जरूरत है, न कि दिशा-निर्देशों पर, चाहे हम किसी भी मानवीय भूमिकाओं में क्यों न हों।

मनुष्य ही दूसरों पर भरोसा कर सकता है

पाषाण काल से ही मनुष्य अन्य प्राणियों से कुछ अलग है। अन्य स्तनधारी प्राणियों की तरह मनुष्य भी सहज प्रवृत्तियों के अनुसार काम करता है, भोजन की खोज करता है और अपनी संतति को आगे बढ़ाने के लिए संभोग करता है। लेकिन, मनुष्य यहीं पर नहीं रुकता; वह अविष्कार करता है, निर्माण करता है और पृथ्वी पर अन्य प्राणियों के लिए असंभव चीजों की उपलब्धियाँ भी हासिल करता है। मनुष्य की तरह अन्य प्राणी पिरामिड नहीं बनाते हैं, भाप इंजन की खोज नहीं करते हैं। और, मनुष्य बहुत कुछ रचनात्मक इसलिए कर पाता है कि प्रकृति ने मनुष्य के मस्तिष्क की बाहरी परत (सेरेब्रल कॉर्टेक्स) में बहुत ही परिष्कृत नवविकसित आवरण (नियोकॉर्टेक्स) का पुरस्कार भी प्रदान किया है। यही नियोकॉर्टेक्स मनुष्य को अन्य स्तनधारी

प्राणियों से बिल्कुल अलग कर देता है। यही नियोकॉर्टेक्स मनुष्य को अपने आसपास की दुनिया के बारे में तथा जटिल समस्याओं के हल निकालने के लिए तर्कसंगतता (रैशनली) व आलोचनात्मकता (क्रिटिकली) से सोचने-विचारने की योग्यता प्रदान करता है। और इसी नियोकॉर्टेक्स के कारण मनुष्य पृथ्वी ग्रह के अन्य स्तनधारियों की तुलना में सबसे परिष्कृत संचार भाषा (कम्युनिकेशन लैंग्वेज) विकसित कर पाने में सक्षम हो सका है। इसी भाषा-योग्यता ने मनुष्य को अपने अनुभूत ज्ञान या पाठ को अपने समुदाय के दूसरे लोगों को आगे बढ़ाने या साझा करने का माध्यम प्रदान किया था। इसीलिए नई पीढ़ी अपनी पिछली पीढ़ियों के ज्ञान व पाठ के आधार पर नए ज्ञान व पाठ की खोज करती रही और मानव समाज लगातार वास्तविक उन्नति करता हुआ आज के आधुनिक युग तक पहुँच सका है। लगातार उपलब्धियाँ हासिल करना ही तो मानव होने का सच्चा अर्थ है।

लेकिन, नियोकॉर्टेक्स मनुष्य को न केवल 'उपलब्धि-यंत्र' (अचीवमेंट मशीन) बनाता है, बल्कि यही उसे अपनी भावनाओं को नियंत्रित करने, दूसरों पर भरोसा करने, दूसरों के साथ सहयोग करने, दूसरों के साथ मिलने-जुलने और मजबूत समुदाय बनाने की योग्यताएँ भी प्रदान करता है। यही वह आदिम मस्तिष्क भाग नियोकॉर्टेक्स है, जो मनुष्य को अनुमान के आधार पर प्रतिक्रिया करने तथा फैसले कर पाने के योग्य बनाता है और हमारे कार्य-व्यवहारों को संचालित करता है। यही हमें दूसरों के साथ मजबूत भावुक संबंध बनाने में भी मदद करता है। और, यह मजबूत सामाजिक बंधन मनुष्य को एक साथ मिलकर मानवीय सपनों को साकार कर पाने की सामूहिक योग्यता प्रदान करता है। स्पष्ट है कि यदि मनुष्य के दूसरे के साथ मिलकर काम कर पाने में सक्षम नहीं होता तो वह व्यक्तिगत रूप से चाहे कितना भी सक्षम क्यों न होता, अकेले ज्यादा समय तक जीवित ही

नहीं रह पाता। फिर तो मनुष्य दूसरों के साथ संबंधों में होने का कभी आनंद ही महसूस नहीं कर पाता; मनुष्य में उन लोगों की मंडली में भी रहने की भावना नहीं होती, जिनसे वह समान मूल्यों व धारणाओं को साझा करता है। और, मनुष्य में दूसरों के लिए कुछ करने से पैदा होनेवाली अच्छाई की तीव्र भावना भी नहीं होती।

ध्यान रहे कि हमारी प्रतिभा हमें विचार व दिशा-निर्देश देती है, लेकिन सहयोग करने की हमारी योग्यता हमें उन विचारों को कार्यान्वित करने में मदद करती है। इस धरती पर ऐसी उपलब्धियों, कंपनियों या प्रौद्योगिकियों की गिनती नगण्य है। जिनका निर्माण करना बिना किसी दूसरे की सहायता के किसी एक व्यक्ति के लिए संभव हो सका है। हम आधुनिक युग तक इसीलिए पहुँच सके हैं, क्योंकि हमारे पूर्वज दूसरों का सहयोग लेते रहे हैं और दूसरों का सहयोग करते रहे हैं। लेकिन, एक साथ मिलकर काम करने की मनुष्य की पाषाणकालीन योग्यता के कारण ही आधुनिक युग की सबसे बड़ी विडंबना को भी पैदा किया है। मनुष्य ने प्रगति करने की अपनी जन्मजात चाहत में ऐसे आधुनिक संसार का निर्माण कर लिया है, जो उसके दूसरों से सहयोग करने की स्थिति को लगातार कठिन और अधिक कठिन बनाती जा रही है। मनुष्य ने ऐसा जान-बूझकर नहीं किया है, बल्कि ऐसा होता चला गया है और आज उसी के लिए यह भयानक समस्या बन गई है। दुनिया के सबसे अधिक विकसित देशों, विशेष रूप से संयुक्त राज्य अमेरिका में, इस क्रूर विडंबना के लक्षणों को महसूस करना आसान है। वहाँ पर अलगाव व उच्च तनाव की भावनाएँ ऐसे उद्योगों को ईंधन प्रदान कर रही हैं, जो लोगों की खुशी की खोज पर लाभ कमा रहे हैं। स्वयं सहायता पुस्तकें, पाठ्यक्रम व अनगिनत दवाएँ कई अरब डॉलर के उद्योग हैं, जो लोगों को मायावी खुशी खोजने तथा तनाव कम करने में मदद के लिए बनाए गए हैं।

वर्ष 2016 में फीचर लेखन के लिए 'पुलित्जर पुरस्कार' प्राप्त करनेवाली अमेरिकी पत्रकार कैथरीन शुल्ज ने 'न्यूयॉर्क मैगजीन' के आलेख (6 जनवरी, 2013) में अनुमान लगाया था कि पिछले कुछ दशकों में संयुक्त राज्य अमेरिका में अकेले स्वयं-सहायता कारोबार 11 अरब डॉलर का हो गया था। खुशी व संबंध स्थापित करने की खोज में पेशेवर सलाह लेनेवाले अमेरिकी नागरिकों की संख्या में भारी वृद्धि हुई है। स्टैनफोर्ड विश्वविद्यालय (कैलिफोर्निया) में स्थित अमेरिकी सार्वजनिक नीति विशेषज्ञ मंडल (थिंक टैंक) एवं अनुसंधान संस्थान हूवर इंस्टीट्यूशन ने 1 जून, 2010 को 'देखभाल उद्योग में वृद्धि' शीर्षक से चौंकाने वाला शोध प्रतिवेदन (रिसर्च रिपोर्ट) प्रकाशित किया था। उस प्रतिवेदन के मुताबिक 1940 के दशक के अंत में संयुक्त राज्य अमेरिका में 2,500 चिकित्सीय मनोवैज्ञानिक (क्लिनिकल साइकोलॉजिस्ट) तथा 30,000 चिकित्सीय सामाजिक कार्यकर्ता (क्लिनिकल सोशल वर्कर) काम कर रहे थे। उन दिनों विवाह व परिवार चिकित्सकों (मैरिज एंड फैमिली थेरैपिस्ट) की संख्या 500 से भी कम थी; परामर्शदाता मुख्य रूप से व्यावसायिक मार्गदर्शन (वोकेशनल गाइडेंस) का ही काम करते थे और उपचारिका मनोचिकित्सकों (नर्स साइकोथेरैपिस्ट) व जीवन प्रशिक्षकों (लाइफ कोच) का कोई अस्तित्व ही नहीं था। लेकिन, पिछले 60 वर्षों में पेशेवर देखभाल करनेवालों की संख्या में 100 गुना से भी अधिक की वृद्धि हुई है, जबकि इस बीच अमेरिका की जनसंख्या में सिर्फ दोगुनी वृद्धि ही थी। वर्ष 2010 में अमेरिका में 77,000 चिकित्सीय मनोवैज्ञानिक, 1,92,000 चिकित्सीय सामाजिक कार्यकर्ता, 1,05,000 मानसिक स्वास्थ्य परामर्शदाता, 50,000 विवाह व परिवार चिकित्सक, 17,000 उपचारिका मनोचिकित्सक और 30,000 जीवन प्रशिक्षक थे।

स्पष्ट है कि इनकी संख्या में इतनी तेजी से वृद्धि होने का असल

कारण इन सेवाओं की माँग ही है। मनोवैज्ञानिक सच तो यह है कि हम स्वयं को जितना अधिक अच्छा महसूस करने की कोशिश करते हैं, उतना ही अधिक खराब महसूस करने लगते हैं। उपर्युक्त आँकड़े यह भी साबित करते हैं कि स्वयं को परिपूर्ण व सचमुच खुश महसूस करनेवाले अमेरिकी कर्मचारी अल्प मत में हैं। ध्यान रहे कि 20वीं सदी को 'अमेरिका की सदी' कहा जाता है। द्वितीय विश्व युद्ध के बाद अमेरिका विश्व की सबसे शक्तिशाली अर्थव्यवस्था के रूप में उभरकर सामने आया था और उसने विश्व के सबसे प्रभावशाली व्यावसायिक संगठनों का निर्माण किया था। लेकिन, ये आँकड़े दरशाते हैं कि अमेरिका जिस पूँजीवादी दर्शन के आधार पर विश्व के सबसे शक्तिशाली राष्ट्र के रूप में उभरा था और जिस आधुनिक कार्य-संस्कृति को विकसित किया था, वह अत्यधिक आंतरिक प्रतिस्पर्धा के कारण आधारभूत मानवीय मूल्यों की अवहेलना करने लगी थी। इस तरह, अमेरिका के कार्य-स्थलों में ऐसे कार्य-वातावरण का निर्माण हुआ था, जो मानव प्रजाति की मूल भावनाओं के अनुकूल नहीं रहा। लगातार बढ़ती आंतरिक प्रतिस्पर्धा ने व्यक्तिगत उपलब्धियों को प्राथमिकता देनी शुरू की थी, जिसने कर्मचारियों में स्वार्थी रसायन डोपामाइन के स्राव को बढ़ाने के साथ-साथ सचेतक रसायन कोर्टिसोल के प्रवाह को जरूरत से अधिक समय तक रोकने लगा था। इसने मनुष्य की स्वाभाविक जीव-वैज्ञानिक प्रणाली को बिगाड़ दिया था। कार्य-स्थलों में कर्मचारियों का अधिकांश आत्मकेंद्रित होता चला गया था और दूसरों को शक की निगाहों से देखने लगा था। इस तरह, कार्य-स्थलों का सुरक्षा-चक्र ध्वस्त हो गया और कर्मचारियों के बीच की सामूहिक कार्य-भावना समाप्त होती चली गई।

ध्यान रहे कि सामाजिक प्राणी मनुष्य के लिए आपसी भरोसा स्नेहक (लुब्रिकेंट) की तरह काम करता है। यह मानव-यंत्र के

आंतरिक घर्षण (इंटरनल फ्रिक्शन) को कम करता है और कार्य-प्रदर्शन को बहुत अधिक अनुकूल बनाने वाली परिस्थितियों की रचना करता है। इसीलिए, कार्य-स्थलों में सच्चे मानवीय नेतृत्वकर्ताओं की अनिवार्यता लगातार बढ़ती जा रही है।

□

4

पूँजीवादी कार्य-संस्कृति की चुनौतियाँ

पूँजीवादी अर्थव्यवस्था यानी लाभ के उद्देश्य से निजी क्षेत्र द्वारा नियंत्रित-संचालित अर्थव्यवस्था ने अमेरिका की अगुवाई में पश्चिमी राष्ट्रों को उन्नति के शिखर पर पहुँचाया था। 18वीं सदी के अंत से 20वीं सदी के शुरुआती 50 वर्षों में अमेरिकी पूँजीवाद ने धुआँधार सफलता दर्ज की थी। वर्ष 1945 में अंतरराष्ट्रीय मुद्रा कोष (आई.एम.एफ.) की स्थापना ने पूँजीवाद-आधारित वैश्वीकरण (ग्लोबलाइजेशन) की प्रक्रिया को तेज किया था और विश्व की अधिकांश अर्थव्यवस्थाएँ उसके दायरे में आती चली गई थीं।

मार्च 1985 में सोवियत संघ समाजवादी गणराज्य (यूनियन ऑफ सोवियत सोशलिस्ट रिपब्लिक्स/ यू.एस.एस.आर.) के अध्यक्ष बनने के बाद मिखाइल गोर्बाचेव ने गंभीर आर्थिक संकट से उबरने के लिए समाजवादी अर्थव्यवस्था (सोशलिस्ट इकोनॉमी) को पूँजीवाद-प्रेरित बाजार अर्थव्यवस्था (मार्केट इकोनॉमी) में लाने के लिए पेरेस्त्रोइका (पुनर्गठन) व ग्लासनोस्त (खुलेपन) की नीति को लागू करना शुरू कर दिया और 26 दिसंबर, 1991 को सोवियत संघ का विघटन हो गया था। इस बीच, पूर्वी व पश्चिमी जर्मनी के बीच सन् 1961 में खड़ी की गई फासीवाद-विरोधी सुरक्षा दीवार 'बर्लिन वॉल' को 9

नवंबर, 1989 को गिराने का कार्य शुरू हो चुका था। सोवियत संघ के कमजोर पड़ने के कारण भारत में भुगतान संतुलन (बैलेंस ऑफ पेमेंट) की स्थिति गंभीर हो जाने के कारण भारत सरकार अंतरराष्ट्रीय मुद्रा कोष की शरण में चले जाने को मजबूर हो गई थी। फिर 24 जुलाई, 1991 को पी.वी. नरसिंह राव के नेतृत्ववाली भारत सरकार के वित्तमंत्री डॉ. मनमोहन सिंह ने अपने बजट भाषण में भारतीय अर्थव्यवस्था के उदारीकरण की प्रक्रिया शुरू करने की घोषणा की थी।

लेकिन, आर्थिक शीत-युद्ध में सोवियत संघ में विफल होने के बाद अमेरिका विश्व महाशक्ति बनकर उभरा था। फिर, अमेरिकी पूँजीवाद अपने मूल सिद्धांतों से भटकना शुरू हो गया था। अमेरिकी समाज में सामूहिकता की भावना कमजोर पड़ने लगी थी और व्यक्तिवाद हावी होने लगा था। व्यक्तिगत उपलब्धियों ने मानवीय मूल्यों से समझौता करना शुरू कर दिया था। फिर, सरकार व निजी क्षेत्र के बीच साँठगाँठ से लाभ कमाने का दौर शुरू हुआ था, जो 'घोर पूँजीवाद' (क्रोनी कैपिटलिज्म) के रूप में विश्व अर्थव्यवस्था के साथ-साथ कार्य-स्थलों में आपसी विश्वास की भावना को कमजोर करता चला गया। घोर पूँजीवाद से उपजी मतिहीनता की चुनौतियाँ गंभीर हैं।

महामंदी व युद्ध से निकली 'महानतम' पीढ़ी

असल में, यह प्रथम विश्व युद्ध (28 जुलाई, 1914 से 11 नवंबर, 1918) का कालखंड था, जब अमेरिका में पहली बार उपभोक्ता समाज की जड़ें मजबूत हुई थीं। इस दौरान पहली बार अमेरिकी नागरिकों को यूरोपीय नागरिकों की तुलना में अधिक धनी होने का अवसर मिला था और धन के साथ मौज-मस्ती भी आई थी। व्यय योग्य आय (डिस्पोजेबल इन्कम) बढ़ने के कारण वे सभी प्रकार की विलासिताओं और जीवन की गुणवत्ता को बढ़ानेवाली नई प्रौद्योगिकियों को खरीदने में सक्षम हो गए थे। 1920 के दशक में ही विद्युत्

प्रशीतक (इलेक्ट्रिक रेफ्रिजरेटर), दूरभाष (टेलीफोन), मोटर वाहन, आकाशवाणी (रेडियो), चलचित्र (मूवी) आदि बाजार में प्रस्तुत हुए थे और देखते-देखते उन सभी की लोकप्रियता तेजी से आसमान चढ़ती चली गई थी। 2 नवंबर, 1920 को संयुक्त राज्य अमेरिका के पिट्सबर्ग (पेनसिल्वेनिया) में पहले व्यावसायिक आकाशवाणी केंद्र (कमर्शियल रेडियो स्टेशन) 'केडीकेए' का प्रसारण शुरू था। लेकिन, अगले तीन वर्षों में समूचे अमेरिका में व्यावसायिक आकाशवाणी केंद्रों की संख्या 500 से भी अधिक हो गई थी। और, दशक के अंत तक 1.20 करोड़ से अधिक अमेरिकी परिवारों में आकाशवाणी यंत्र (रेडियो सेट) पहुँच गए थे।

इस तरह, अमेरिका में नए राष्ट्रीय जन-संचार माध्यम का उदय हुआ था, जिसने समाचारों के साथ-साथ विज्ञापनों के राष्ट्रीय प्रसारण का अवसर भी प्रदान किया था। ऐसा इससे पहले संभव नहीं था। इसके साथ ही समूचे अमेरिका में रिटेल चेन स्टोर्स का संजाल स्थापित होने लगा था। एक तरफ, राष्ट्रीय विज्ञापनों ने एक ही प्रकार की वस्तुओं के प्रति समूचे देश के उपभोक्ताओं को जागरूक बनाना शुरू कर दिया था तो दूसरी तरफ, खुदरा श्रृंखला भंडारों के माध्यम से उन वस्तुओं की उपलब्धता भी सुनिश्चित होने लगी थी। इस बीच, चलचित्रों का निर्माण तेज हुआ था और सिनेमा घरों की संख्या भी तेजी से बढ़ी थी। समाचार-पत्रों के साथ-साथ आकाशवाणी केंद्रों ने भी चलचित्र सितारों व खेल-नायकों की विलासितापूर्ण जिंदगियों को प्रचारित करना शुरू कर दिया था। इस तरह, आम अमेरिकी नागरिकों में उनकी तरह आकर्षक जीवन जीने के सपने पलने लगे थे। लोगों में खुद को प्रसिद्ध करने और समाज में उच्च स्थिति प्राप्त करने की चाहत बढ़ी थी।

नई प्रौद्योगिकियों व आधुनिक सुविधाओं ने अन्य उपभोक्ता उद्योगों के फूलने-फलने का रास्ता साफ किया था, इस तरह, अमेरिका

में उपभोक्तावाद नागरिकों के सिर चढ़कर बोलने लगा था और यूरोपीय देशों सहित विश्व भर में अमेरिकी उपभोक्तावाद उच्च जीवन-शैली का पैमाना बनता चला गया था, मानो वैज्ञानिक उपलब्धियों ने मनुष्य के हाथों में देवताओं की तरह भोग-विलासपूर्ण जीवन जीने का अभूतपूर्व अवसर दे दिया था।

लेकिन जब-जब मनुष्य प्रकृति के नियमों से खिलवाड़ शुरू कर देता है, तब-तब प्रकृति उसे ठीक करने की कोशिश करती है। प्रकृति में सबकुछ संतुलन में रहता है; मानो असंतुलन से प्रकृति घृणा करती है। इसीलिए, किसी भी प्रकार की अधिकता हमेशा बढ़ती हुई नहीं रह सकती। इस तरह, कभी न खत्म होने जैसे दिखनेवाले उपभोक्तावाद को 29 अक्तूबर, 1929 को तब करारा झटका लगा था, जब अमेरिकी पूँजी बाजार अचानक धड़ाम हो गया था। विश्व इतिहास में इस दिन को 'काला मंगलवार' कहा जाता है, जब विश्वव्यापी आर्थिक महामंदी (द ग्रेट डिप्रेशन) का दौर शुरू हुआ था। पूँजी बाजार का मूल्य 90 प्रतिशत गिर गया था और अमेरिका की एक-चौथाई आबादी अचानक बेरोजगार होकर सड़कों पर आ गई थी विश्व के अन्य हिस्सों का हाल और भी बुरा होता चला गया था।

जिन बच्चों का जन्म 1920 के दशक के दौरान हुआ था, वे अभी इतने बड़े नहीं हुए थे कि अपने माता-पिता की तरह उपभोक्तावाद का आनंद ले पाते। अब महामंदी के चपेट में आने के कारण इन बच्चों को अमेरिकी इतिहास के सबसे अधिक तपस्यापूर्ण अवधियों में से एक में बड़ा होना पड़ा था। संसाधनों के अभाव में इस पीढ़ी ने एक साथ मिलकर काम करना और जरूरतें पूरी करने के लिए एक-दूसरे की मदद करना सीखा था। अपने माता-पिताओं की तरह इस पीढ़ी के पास बरबाद करने और अधिकताओं के विकल्प ही नहीं थे। सन् 1942 में जब महामंदी खत्म होने लगी थी, तब तक

एक दशक से अधिक समय गुजर चुका था। इस तरह अमेरिका की नई पीढ़ी इतिहास के सबसे कठिन आर्थिक परिस्थितियों से गुजरती हुई जब युवावस्था में पहुँची थी, तब तक द्वितीय विश्व युद्ध शुरू (1 सितंबर, 1939 से 2 सितंबर, 1945) शुरू हो चुका था। फिर 7 दिसंबर, 1941 को पर्ल हार्बर (हवाई क्षेत्र) स्थित अमेरिकी नौसेनिक अड्डे पर जापानी आक्रमण के बाद अमेरिका को भी द्वितीय विश्व युद्ध में शामिल होना पड़ा था। और, महामंदी के दौर में जवान हुई समूची नई पीढ़ी को युद्ध में कूदना पड़ा था।

द्वितीय विश्व युद्ध में कूदते समय अमेरिका की जनसंख्या 13.30 करोड़ थी, जिसमें से 1.60 करोड़ युवा ज़नसंख्या को सीधे युद्ध-स्थलों के लिए कूच करना पड़ा था। यह जनसंख्या का 12 प्रतिशत था, जबकि आज करीब 32.5 करोड़ (नवंबर 2016) है, जिनमें 1 प्रतिशत से भी कम सैनिक सेवाओं में हैं। वह युद्ध आज की सैनिक काररवाइयों की तरह नहीं थी, जिसे दूरदर्शन माध्यम या कंप्यूटर पटल पर देखा जा सके। वह ऐसा युद्ध था, जिसने अमेरिका सहित विश्व के अधिकांश राष्ट्रों के आम जनजीवन को प्रभावित किया था। द्वितीय विश्व युद्ध के दौरान सैन्य सेवाएँ एवं संबंधित सेवाएँ देने के लिए अमेरिका के करीब 2.40 करोड़ लोगों को स्थानांतरित होना पड़ा था। लाखों महिलाओं, अफ्रीकी अमेरिकियों व लातीनी अमेरिकियों को कार्यबल में शामिल होने का अभूतपूर्व मौका मिला था। जो शारीरिक रूप से युद्ध में शामिल हुए थे, उनमें से सक्षम लोगों ने युद्ध बांड खरीदकर खुद को युद्ध का हिस्सा बनाया था। और, जो लोग युद्ध बांड खरीदने में सक्षम नहीं थे, उन्होंने बगीचे लगाकर, फल व सब्जियाँ उगाकर रसद-सीमाओं के बोझ को कम करने में योगदान किया था। अमेरिकी इतिहास में इस पीढ़ी को 'महानतम पीढ़ी' का दर्जा दिया जाता है। इसका प्रमुख कारण है कि यह पीढ़ी अधिकताओं व उपभोक्तावाद से नहीं, बल्कि

कठिनाई व सेवा से परिभाषित होती है।

यह वह समय नहीं था, जब युद्ध के औचित्य पर बहस हो सकती थी, बल्कि समूचा अमेरिका ही उसमें शामिल हो गया था। 'लाइफ' पत्रिका के नवंबर 1942 अंक में प्रकशित सर्वेक्षण के मुताबिक, 90 प्रतिशत जनसंख्या चाहती थी कि अमेरिका विश्व युद्ध में बना रहे। यही वह जनसंख्या थी, जो युद्ध के बाद भी सैन्य प्रशिक्षण को अनिवार्य बनाए रखने के पक्ष में थी। कुल मिलाकर समूचा अमेरिका व्यक्तिगत महत्त्वाकांक्षा को त्यागकर राष्ट्र-सेवा के लिए तत्पर था। कमोबेश विश्व युद्ध में शामिल होनेवाले सभी देशों के नागरिकों में यही राष्ट्र-भावना अपने चरम पर थी। लगभग प्रत्येक नागरिक व्यक्तिगत स्वार्थों को त्यागकर अपनी क्षमता के अनुसार किसी-न-किसी रूप में दूसरों की मदद के लिए तत्पर था। व्यक्तिवाद खत्म हो गया था और सामूहिकता एक बार फिर से पाषाणकालीन मानवीय सहजता प्राप्त कर रही थी।

द्वितीय विश्व युद्ध के साथ ही विश्वव्यापी आर्थिक महामंदी छँट चुकी थी और अमेरिकी अर्थव्यवस्था एक बार फिर अपने उफान की तरफ बढ़ने लगी थी। नई प्रौद्योगिकियों के कारण युद्ध का सबसे अधिक लाभ अमेरिका को ही मिला था और वह विश्व महाशक्ति के रूप में अपना दबदबा कायम करने लगी थी। महामंदी के दौर में पली-बढ़ी और युद्ध में भाग लेने के बाद आम जीवन में लौटकर आई नई पीढ़ी अपनी जवानी एवं व्यक्तिगत उपलब्धि को हासिल करने के लिए काम पर जुट गई थी। सैन्य सेवाओं से लौटी यह पीढ़ी कार्य को ठीक प्रकार से संपन्न करने के लिए कड़ी मेहनत की महत्ता, आपसी सहयोग की आवश्यकता तथा निष्ठा के मूल्य को बहुत अच्छी तरह समझती थी। इसलिए, उस पीढ़ी ने जिन संगठनों व व्यावसायिक प्रतिष्ठानों का संचालन किया था, उनमें सहज मानवीय मूल्यों के

संरक्षण को प्राथमिकता मिली थी। यही कारण था कि 1950 के दशक तक अमेरिका सहित दुनिया भर के कार्य-स्थलों में मानवीय सुरक्षा-चक्र इतना मजबूत था कि नौकरी का मतलब अपना पूरा जीवन एक ही कंपनी की सेवा करना होता था। कंपनियाँ भी यही कोशिश करती थीं कि उसके कर्मचारी भी सारा जीवन उसी के सेवा में गुजारें। लंबे पेशेवर सेवा जीवन के बाद जब कोई सेवानिवृत्त होता था, तब समूची कंपनी उसका कृतज्ञता-ज्ञापन करती थी। लेकिन, यह दौर ज्यादा लंबा नहीं टिक सका था।

'व्यक्तिवाद' को अपनाती 'बेबी बूमर' पीढ़ी

द्वितीय विश्व युद्ध वापस लौटी अमेरिकी पीढ़ी ने कड़ी मेहनत, सहयोग व निष्ठा के साथ काम करने के साथ अपने खोए समय के आनंद को वापस लाने की भी बेहिसाब कोशिशें की थीं। युद्ध से लौटने के तत्काल बाद लगभग सभी ने शादी की थी। इसका नतीजा यह निकला था कि सिर्फ नौ महीने बाद ही अमेरिकी जन्म वृद्धि दर में आकस्मिक उछाल आया था, जिस अभूतपूर्व परिघटना को 'बेबी बूम' और इस पीढ़ी को 'बेबी बूमर' कहा जाता है। वर्ष 1940 में अमेरिका में 26 लाख बच्चे पैदा हुए थे, जबकि 1946 में यह संख्या अचानक 34 लाख हो गई थी। वर्ष 1964 को बेबी बूमर पीढ़ी का अंत माना जाता, जब 18 वर्षों बाद अमेरिका में पहली बार 40 लाख से कम बच्चे पैदा हुए थे। इस बीच, अमेरिका में जन्म-वृद्धि दर लगभग 40 प्रतिशत रही थी और 'बेबी बूमर' पीढ़ी ने अमेरिकी जनसंख्या के कुल 7.60 करोड़ बच्चों का योगदान किया था। अगले 20 वर्षों (1964 से 1984) के बीच जन्म-वृद्धि दर 25 प्रतिशत से भी नीचे चली गई थी।

इस 'बेबी बूमर' पीढ़ी को अपने माता-पिताओं की तरह महामंदी व युद्ध की कठिनाइयाँ नहीं झेलनी पड़ी थी, क्योंकि द्वितीय विश्व युद्ध के बाद अमेरिकी अर्थव्यवस्था स्थायी चाल से आगे बढ़ रही

थी। देश के सकल घरेलू उत्पाद (ग्रॉस डोमेस्टिक प्रोडक्ट/जी.डी.पी.) के साथ नागरिकों की आय भी लगातार बढ़ रही थी। विडंबना यह थी कि जिन माता-पिताओं ने बेहद अभाव के दिन देखे थे, वे अपने पुराने दुःखों को भुलाने के लिए अपने बच्चों को जरूरत से ज्यादा सुख-सुविधाएँ देने की कोशिशें कर रहे थे। नतीजा उलटा निकला था। अमेरिका की जिस महान् पीढ़ी ने कड़ी मेहनत, सहयोग व निष्ठा के साथ राष्ट्र के पुनर्निर्माण के लिए त्यागपूर्ण जीवन जीया था, उसी ने अपनी नई पीढ़ी को अनजाने में 'खुद के लिए जीने' की राह पर आगे बढ़ा दिया था। बेबी बूमर पीढ़ी को सबकुछ उपहार में मिला था। उनके माता-पिताओं से सबसे बड़ी गलती यह हुई थी कि उन्होंने नई पीढ़ी को अपनी कठिनाइयों के बारे में बताने की जरूरत नहीं महसूस की। इस तरह, अपनी सामूहिक जीवन-पद्धति (कलेक्टिव वे ऑफ लाइफ), यानी समष्टिवाद (कलेक्टिविज्म) की रक्षा के लिए लड़नेवाला अमेरिका व्यक्तिगत जीवन-पद्धति (इंडिविजुअल वे ऑफ लाइफ) यानी व्यक्तिवाद (इंडिविजुअलिज्म) की रक्षा के लिए लड़नेवाले देश में बदल गया था।

नव-धनाढ्य माता-पिता के लाड़-प्यार में पलती 'बेबी बूमर' पीढ़ी का पहला समूह 1960 के दशक में किशोरावस्था में आया था। इस नवकिशोर समूह ने अपने माता-पिता की कड़ी मेहनत, सहयोग व निष्ठा की जीवन-शैली के खिलाफ विद्रोही रुख अपनाना शुरू कर दिया था। उनके जीवन का लक्ष्य अपने माता-पिता की तरह सेवा-भाव के साथ नौकरी करते हुए एक-दूसरे की देखभाल करनेवाला सामुदायिक जीवन जीना नहीं था। उन्होंने भौतिक संपत्ति अर्जित करने पर ध्यान केंद्रित करनेवाले अपने माता-पिता के शांत उपनगरीय (सब-अर्बन) जीवन को खारिज कर दिया था। वे उपनगरों में सामुदायिक भावना के साथ संयुक्त परिवार में जीवन जीने की धारणा को 'अच्छा

जीवन' मानने को तैयार नहीं थे, बल्कि उन्हें व्यक्तिवाद, उन्मुक्त प्रेम (फ्री लव) एवं आत्म-पूजा (सेल्फ-वरशिप) पसंद आने लगी थी।

नई पीढ़ी द्वारा पुरानी पीढ़ी की जीवन-शैली को खारिज करने के पीछे कुछ ठोस कारण भी थे। यह ठीक है कि अमेरिकी इतिहास में महानतम मानी जाने वाली पीढ़ी ने द्वितीय विश्व युद्ध के माध्यम से दुनिया को नाजीवाद के अत्याचार से बचाने के लिए जीवन दाँव पर लगाए थे, लेकिन वह खुद को नस्लवाद व असमानता की समस्याओं से खुद को निकाल पाने में सफल नहीं हो सकी थी। ध्यान रहे कि 4 जुलाई, 1976 को जब अमेरिकी स्वतंत्रता की घोषणा की गई थी, तब लोकतंत्र, अधिकार, स्वतंत्रता, अवसर व समानता के आदर्शों को राष्ट्रीय लोकाचार घोषित किया गया था, जिन्हें 'अमेरिका का महान् स्वप्न' कहा जाता है। लेकिन, महामंदी व द्वितीय विश्व युद्ध से जूझकर अमेरिका का नव-निर्माण करनेवाली महानतम पीढ़ी के शासनकाल में 'अमेरिकी स्वप्न' को प्रतिबिंबित करनेवाला सामाजिक सद्भाव केवल श्वेत अमेरिकियों (व्हाइट अमेरिकन), ईसाइयों एवं पुरुष वर्ग तक ही सीमित था। उस समय तक भी अमेरिकी महिलाओं को सार्वजनिक जीवन के लिए अयोग्य ही माना जा रहा था।

2 जुलाई, 1964 को नागरिक अधिकार अधिनियम (सिविल राइट्स एक्ट) पारित होने से पहले तक अफ्रीकी अमेरिकियों यानी अश्वेत अमेरिकियों (ब्लैक अमेरिकन) को पूर्ण नागरिकता (फुल सिटिजनशिप) नहीं प्रदान की जा सकी थी। जी हाँ, द्वितीय विश्व युद्ध समाप्त होने के करीब 20 वर्षों बाद भी जब कांग्रेस ने यह अधिनियम पारित किया था, तब करीब 30 प्रतिशत सीनेट सदस्यों ने इसके खिलाफ मतदान किया था।

तो, यह 'बेबी बूमर' पीढ़ी ही थी, जिसने अमेरिका की तथाकथित 'महानतम पीढ़ी' यानी अपने माता-पिता के खिलाफ विद्रोह कर दिया

था, जो हानिकारक व अन्यायपूर्ण यथास्थिति को बनाए रखने पर आमादा थे। यह भी 'बेबी बूमर' पीढ़ी ही थी, जिसने महिलाओं को बेहतर वेतन दिए जाने की आवाज बुलंद की थी। यह पीढ़ी अपने माता-पिता की तथाकथित 'महानता' और समाज में प्रचलित अन्याय को आँख मूँदकर स्वीकार करने को तैयार नहीं थी। रोचक तथ्य यह है कि यह 'बेबी बूमर' पीढ़ी संख्या के मामले में अपनी पिछली पीढ़ी से काफी बड़ी थी, इसलिए अपनी चलाने में सफल हो गई थी। यहाँ तक तो सबकुछ ठीक-ठाक ही चल रहा था, लेकिन जब भारी बहुमतवाली यह पीढ़ी परिपक्व हुई तो उसने अपनी धरा बदल ली और वहीं से आधुनिक युग की समस्याएँ शुरू हो गईं। इस पीढ़ी की कार्यशैली बिल्कुल अलग थी। उन्होंने अपने माता-पिताओं से उलट बहुत अधिक स्वार्थपूर्ण तरीके से काम करना शुरू किया था। चूँकि वे लगातार बढ़ रही संपत्ति व समृद्धि में पलते-बढ़ते आ रहे थे, इसलिए यही उनकी दुनिया बन गई थी और वे व्यक्तिगत उपलब्धियों व विलासितापूर्ण जीवन को सुरक्षित करने के रास्ते पर आगे बढ़ने लगे थे।

1970 के दशक में बेबी बूमर पीढ़ी उच्च शिक्षा प्राप्त करने के बाद अमेरिकी कार्य-क्षेत्रों में प्रवेश कर रही थी। जनवरी 1969 में जब रिचर्ड निक्सन ने अमेरिका के 37वें राष्ट्रपति का पदभार ग्रहण किया था, तब वियतनाम में प्रत्येक सप्ताह 300 अमेरिकी सैनिकों की मौत हो रही थी। अमेरिका में वियतनाम युद्ध अलोकप्रिय हो चुका था और इसके खिलाफ महाविद्यालयों में पढ़ रही बेबी बूमर पीढ़ी का लगातार विरोध प्रदर्शन हिंसक होता जा रहा था। सन् 1968 के राष्ट्रपति चुनाव-प्रचार के दौरान निक्सन ने वियतनाम युद्ध को समाप्त करने और सम्मानपूर्वक शांति बहाल करने का वायदा कर इस पीढ़ी की भावनाओं को सहलाया था। उस समय मुद्रास्फीति की दर 4.7 प्रतिशत हो गई थी, जो कोरियाई युद्ध (25 जून, 1950 से 27

जुलाई, 1953) के बाद से लेकर अब तक की उच्चतम स्तर पर थी। वर्ष 1964-65 में राष्ट्रपति लिंडन बी. जॉनसन (डेमोक्रेटिक पार्टी) द्वारा गरीबी व नस्लीय अन्याय के उन्मूलन के मुख्य लक्ष्य के साथ शुरू की गई 'महान् समाज' (ग्रेट सोसाइटी) की घरेलू योजना के साथ-साथ वियतनाम युद्ध की लागत के कारण सन् 1968 में अमेरिका का बजट घाटा 124 अरब डॉलर के चिंताजनक स्तर पर पहुँच चुकी थी। वैसे तो बेरोजगारी की दर अभी भी कम थी, लेकिन ब्याज दर 20वीं शताब्दी के उच्चतम स्तर 8.25 प्रतिशत (9 जून, 1969) पर पहुँच गई थी।

इसीलिए, रिचर्ड निक्सन ने सन् 1969 में राजस्व को बढ़ाकर 15.3 अरब डॉलर का अधिशेष (सरप्लस) बजट प्रस्तुत किया था और वियतनाम युद्ध खत्म करने के दिशा में कोशिशें शुरू की थीं। चूँकि निक्सन अपने चुनावी वादों को रातोरात पूरा नहीं कर सकते थे, इसलिए 1970 के दशक में अमेरिकी अर्थव्यवस्था का संघर्ष जारी रहा था। इसका नतीजा यह हुआ था कि मध्यावधि चुनावों में रिपब्लिकन पार्टी का प्रदर्शन धीमा रहा था और निक्सन के समूचे राष्ट्रपति कार्यकाल में अमेरिकी कांग्रेस के दोनों सदनों पर डेमोक्रेटिक पार्टी का नियंत्रण बना रहा था। वैसे तो, 17 जून, 1972 को ही 'वाशिंगटन टाइम्स' ने वाटरगेट परिसर (फॉगी बॉटम, वाशिंगटन डी.सी.) घोटाले में निक्सन प्रशासन की संलिप्तता को उजागर कर दिया था, लेकिन उस आलेख को पक्षपातपूर्ण व भ्रामक बताते हुए निक्सन ने राजनीतिक साजिश के रूप में उस घोटाले को दबा देने में तात्कालिक सफलता हासिल कर ली थी। फिर, 7 नवंबर, 1972 को निक्सन ने अमेरिकी इतिहास में सबसे बड़ा भारी बहुमत से राष्ट्रपति चुनाव जीत लिया था। 15 जनवरी, 1973 को निक्सन ने वियतनाम युद्ध में अमेरिकी भागीदारी को खत्म करने और अमेरिकी युद्धबंदियों को वापस लाने की घोषणा

की थी। लेकिन अक्तूबर 1973 में 'अरब तेल प्रतिबंध' में निक्सन प्रशासन की भागीदारी उजागर होने के साथ-साथ वाटरगेट घोटाले के नए खुलासे सामने आने लगे थे। अंततः महाभियोग से बचने के लिए 9 अगस्त, 1974 को निक्सन को त्याग-पत्र सौंपना पड़ा था।

इस तरह, रिचर्ड निक्सन ने अपने कारनामों के माध्यम से भविष्य का स्पष्ट संकेत दे दिया था कि बेबी बूमर पीढ़ी अपनी व्यक्तिवादी व स्वार्थपूर्ण कार्यशैली से किस प्रकार की विपदाएँ लाने वाली थी। निक्सन की स्वयं की स्वार्थी महत्त्वाकांक्षाओं ने अमेरिकी प्रशासन के उन फैसलों को संचालित किया था, जो सबसे अधिक अनैतिक व गैर-कानूनी थे। अपने माता-पिता की रूढ़िवादी सोच के खिलाफ विद्रोह करनेवाली बेबी बूमर पीढ़ी की इन शुरुआती धारणाओं को और भी पक्का बना दिया था कि 'सरकार पर भरोसा नहीं किया जा सकता', 'हमें अपने बारे में सोचना होगा' और 'हमें काम करने के तरीके को बदलने की जरूरत है।' इस तरह, बेबी बूमर पीढ़ी का पारंपरिक 'अमेरिकी स्वप्न' से मोह भंग हो गया था। वह आत्मानुभूति (सेल्फ रियलाइजेशन) की दार्शनिक आकांक्षाओं को पूरा करने में जुट गई थी, जो तेजी से 'हिप्पी संस्कृति' में बदल गई थी। लेकिन, जब यह पीढ़ी थोड़ी और परिपक्व होकर कार्यबल का हिस्सा बनी थी तो उसने अमेरिकी अर्थव्यवस्था में स्वार्थ व कुटिलता का योगदान किया था। चूँकि पिछली पीढ़ी की तुलना में इस पीढ़ी की संख्या बहुत अधिक थी, इसलिए पुराने मूल्य तेजी से गायब हो गए और कार्य-स्थलों में आंतरिक प्रतिस्पर्धा व कुटिल राजनीति हावी होने लगी थे। फिर, 1970 के दशक के अंत में इस पीढ़ी ने व्यापार संचालन में संरक्षणवादी आर्थिक सिद्धांतों (प्रोटेक्शनिस्ट इकोनॉमिक थ्योरी) को भी लागू करना शुरू किया था। कुल मिलाकर अमेरिका की बेबी बूमर पीढ़ी अपनी बढ़ती हुई संपत्ति को दूसरों से साझा करने या राष्ट्र-हित के समर्थन

के लिए उपयोग करने की बजाय उसे हर प्रकार से सुरक्षित करने में जुट गई थी। इससे पहले अमेरिकी पीढ़ियाँ 'दूसरों की सेवा' को अपनी राष्ट्रीय पहचान का हिस्सा मानने पर गर्व का अनुभव करती थीं। लेकिन, बेबी बूमर पीढ़ी ने धीरे-धीरे 'स्वयं की सेवा' को अमेरिका की राष्ट्रीय प्राथमिकता बना लिया था।

इस दौरान, अमेरिका की घरेलू समृद्धि तेजी से आसमान छूती चली गई थी। सन् 1965 में अमेरिका का प्रति व्यक्ति सकल घरेलू उत्पाद (पर कैपिटा जी.डी.पी.) 3,870 डॉलर था, जो सन् 1970 में 5,246 डॉलर और 1980 में 12,507 डॉलर के स्तरों पर पहुँच गया था। इस तरह, 15 वर्षों में अमेरिकी संपत्ति में 68 प्रतिशत का भारी उछाल आया था और अमेरिका व्यक्ति विशेष व देश—दोनों रूपों में लगातार धनी—और अधिक धनी होता चला गया था। लेकिन, इस अवधि में सबसे अधिक चौंकानेवाला तथ्य यह था कि औसत अमेरिकियों की तुलना में सबसे अधिक धनी अमेरिकियों की संपत्तियाँ असंगत वृद्धि दर के साथ बढ़ती जा रही थीं। इसका अर्थ यह नहीं है कि सबसे गरीब अमेरिकियों की संपत्तियों में किसी प्रकार की गिरावट आई थी, बल्कि सभी आय वर्ग के लोगों की संपत्तियाँ पहले की तुलना में बढ़ी थीं। इस तरह, बेबी बूमर पीढ़ी के साथ अमेरिका 'सामूहिक पूँजीवाद' से 'व्यक्तिगत पूँजीवाद' की तरफ तेजी से कदम बढ़ा रहा था।

जब 'सामूहिक छँटनी' स्वीकार्य व्यवहार बनी

अर्थव्यवस्था व व्यक्तिगत संपत्तियों में तेज उछाल के साथ अमेरिका व्यापक आर्थिक संभावनाओं वाले 1980 के दशक में पहुँच रहा था। अब देश के सामने 1920 के दशक की तरह विश्व युद्ध की चुनौतियाँ नहीं थीं। अब अमेरिका अपनी बेबी बूमर पीढ़ी द्वारा अर्जित धन को सुरक्षित करने के लिए नए आर्थिक सिद्धांतों को स्थापित करने

की कोशिशें कर रहा था। 1920 के दशक की ही तरह एक बार फिर से अमेरिका भारी व्यय योग्य आय के साथ उपभोक्तावाद को नई ऊँचाइयों पर ले जाने में जुट गया था। जिस प्रकार 1920 के दशक में रेडियो, मोटरवाहन, रेफ्रीजरेटर आदि अमेरिकी जनता के लिए परम आवश्यक वस्तुएँ थीं, उसी प्रकार अब नई कंप्यूटर प्रौद्योगिकियाँ उनकी आवश्यक आवश्यकता बन रही थी। आईबीएम पी.सी., एम.एस. डॉस, एप्पल मैकिनटोश व माइक्रोसॉफ्ट विंडोज के आविष्कार व्यक्तिगत कंप्यूटर यानी पर्सनल कंप्यूटर (पी.सी.) की चाहत को बढ़ावा दे रहे थे।

इसके साथ ही बेबी बूमर पीढ़ी अपेक्षाकृत कम टिकाऊ व प्रयोज्य वस्तुओं (डिस्पोजेबल आइटम) के प्रति ज्यादा सहज होने लगी थी। इसीलिए, 1980 के दशक में डिस्पोजेबल कैमरा, डिस्पोजेबल कांटेक्ट लेंस जैसी वस्तुओं के आविष्कार होने लगे थे। इस प्रकार, प्रयोज्यता (डिस्पोजेबिलिटी) अमेरिका की व्यक्तिवादी बेबी बूमर पीढ़ी की अधिकताओं का ही एक और लक्षण था। वास्तव में, यह उपभोक्तावादी पीढ़ी ऐसी और अधिक वस्तुओं की खोज में थी, जिसे उपयोग करने के बाद फेंका जा सके। और, इसी क्रम में बेबी बूमर पीढ़ी 'मनुष्य' को भी प्रयोज्य वस्तुओं की सूची में शामिल करने की दिशा में आगे बढ़ रही थी।

इस तरह 5 अगस्त, 1981 को अमेरिका ने अपने कारोबारी सिद्धांतों में आधिकारिक रूप से 'सामूहिक छँटनी' (मास लेऑफ) को भी स्वीकार्य व्यवहार की सूची में शामिल कर लिया था, जब राष्ट्रपति रोनाल्ड रीगन ने एक साथ हड़ताल पर जानेवाले सभी 11,359 हवाई यातायात नियंत्रकों (एयर ट्रैफिक कंट्रोलर) को नौकरी से बाहर निकालने का आदेश जारी करने का दु:साहस किया था। अमेरिका के संघीय विमानन प्रशासन (फेडरल एविएशन एडमिनिस्ट्रेशन/ एफ.ए.ए.) के ये कर्मचारी वेतन बढ़ाने की माँग को लेकर 'व्यावसायिक हवाई यातायात

नियंत्रक संगठन' (प्रोफेशनल एयर ट्रैफिक कंट्रोलर्स ऑर्गेनाइजेशन/पैटको) के नेतृत्व में हड़ताल पर चले गए थे। इतना ही नहीं, रीगन ने इन सभी कर्मचारियों पर भविष्य में भी एफ.एफ.ए. के लिए काम करने पर प्रतिबंध लगा दिया था। और यह प्रतिबंध 1993 तक लागू रहा था, जब राष्ट्रपति बिल क्लिंटन ने उसे हटा दिया था। याद रहे कि प्रतिबंधित किए गए उन हवाई यातायात नियंत्रकों में अधिकांश युद्धों में भाग लेनेवाले अनुभवी सैनिक या नागरिक सेवाओं में पूर्व अधिकारी थे, जो मध्यम वर्गीय आय अर्जित करने के लिए लगातार कठिन परिश्रम करते आ रहे थे। चूँकि, एफ.ए.ए. के अलावा किसी अन्य उद्योग में उनकी पेशेवर कुशलताओं को स्थानांतरित नहीं किया जा सकता था, इसलिए वे बेरोजगारी की हालत में गरीबी की जिंदगी अपनाने को मजबूर हो गए थे।

याद रहे कि सन् 1931 में अमेरिकी लेखक व इतिहासकार जेम्स एडम्स ने 'अमेरिकी स्वप्न' को परिभाषित करते हुए लिखा था— ''सामाजिक वर्ग या जन्म की परिस्थितियों की परवाह किए बिना हरेक की क्षमता या उपलब्धि के अनुसार हरेक के लिए अवसर के साथ जीवन बेहतर, अधिक समृद्ध व अधिक पूर्ण होना चाहिए।'' लेकिन, रीगन के उस फैसले के साथ अमेरिका की बेबी बूमर पीढ़ी ने प्रयोज्यता (डिस्पोजेबिलिटी) को राष्ट्रीय प्राथमिकता के रूप से अपनाना शुरू कर दिया था, भले ही वह मनुष्य ही क्यों न हो। इस तरह, सामूहिक छँटनी के बारे में मुख्य कार्यकारी अधिकारियों की अंतरात्मा में अब तक बची रह गई नैतिक हिचकिचाहट भी एक झटके में दूर हो गई थी।

वैसे तो, 1980 के दशक के पहले भी थोड़ी-बहुत छँटनियाँ होती रही थीं, लेकिन उन्हें अंतिम विकल्प के रूप में उपयोग में लाया जाता रहा था। लेकिन, अब अमेरिकी पूँजीवाद चरम उपभोक्तावाद के युग में प्रवेश कर रहा था। अब प्रतिभा-संपन्नता का महत्त्व भी कम

होता जा रहा था। चाहे किसी ने अपने संगठन के लिए कितना भी कठिन परिश्रम क्यों न किया हो, चाहे उसने संगठन के लिए कितना भी त्याग क्यों न किया हो, चाहे उसने संगठन की सफलता में कितना भी योगदान क्यों न किया हो; लेकिन अब यह सबकुछ नौकरी के स्थायित्व (जॉब स्टेबिलिटी) का पैमाना नहीं रहा। चालू वर्ष के खाते को संतुलित करने में मदद के लिए अब किसी की भी छँटनी की जा सकती थी। आर्थिक सिद्धांत के रूप में 'धन की सुरक्षा' ने 'लोगों की सुरक्षा' का स्थान ले लिया। ऐसी परिस्थितियों में कोई कैसे अपने कार्य-स्थल में खुद को सुरक्षित समझ सकता था? और, जब कंपनियों के नेतृत्वकर्ता अपने कर्मचारियों के प्रति प्रतिबद्ध नहीं रहे, कोई कैसे अपनी नौकरी के प्रति प्रतिबद्ध रह सकता था?

इस तरह, अपने समूह की सुरक्षा के लिए अपने जीवन को भी दाँव पर लगा देनेवाला पाषाण काल से सुस्थापित नेतृत्व सिद्धांत का मूलाधार ही खिसकने लगा था। और, 50 हजार वर्षों की महान् सुरक्षित यात्रा पूरी करने के बाद पहली बार मनुष्य अपने आदिम सुरक्षा चक्र के बाहर स्वयं को अकेला महसूस करने के लिए मजबूर कर दिया गया था। मनुष्य को असुरक्षित व अकेला बनानेवाली सामाजिक-आर्थिक-राजनीतिक नेतृत्व की यह नई अवधारणा संयुक्त परिवार के सदियों पुराने अति संवेदनशील ताने-बाने को तोड़ देने के लिए काफी थी। आधुनिक नेतृत्व की ऐसी पुन:परिभाषा ही हमारे पारिवारिक संबंधों के साथ-साथ कंपनियों में हमारे सामूहिक कार्य-संबंधों पर भी तबाही मचाने लगी थी।

और, 1980 के दशक के शुरुआती वर्षों से ही सार्वजनिक संस्थानों व उद्योगों ने इस नए आर्थिक दृष्टिकोण के आगे घुटने टेकने शुरू कर दिए थे। चाहे वह उपभोक्ता सामग्री उद्योग (कंज्यूमर प्रोडक्ट्स इंडस्ट्री) हो या खाद्य उद्योग (फूड इंडस्ट्री), जन-संचार

माध्यम (मीडिया) हो या पूँजी बाजार (कैपिटल मार्केट) या फिर अमेरिकी संसद्—सभी ने कम-अधिक मात्रा में अपने अधिक स्वार्थी प्राथमिकताओं के पक्ष में अपने उन ग्राहकों/लोगों को ही त्याग दिया था, जिनकी सेवा के लिए उनका अस्तित्व कायम था। अधिकार व जिम्मेदारी के शीर्ष पदों पर बैठे नेतृत्वकर्ताओं ने स्वार्थी इरादों को पूरा करने के लिए बाहरी तत्त्वों को अधिक तत्परता के साथ अपने फैसलों व कारवाइयों को प्रभावित करने का मौका देना शुरू कर दिया था। अब नेतृत्वकर्ताओं की प्राथमिकता सूची में अपने लोगों की सेवा व उनके हितों की सुरक्षा दूसरे स्थान पर खिसक गई थी और निजी लाभ पहले स्थान पर आ गया था। दूरगामी सोच ने नजदीकी सोच को रास्ता दे दिया था; स्वार्थपूर्ण इरादों ने निस्स्वार्थी उद्‌देश्यों का स्थान छीन लिया था और विशेष रूप से राजनीति का व सामाजिक क्षेत्रों के नेतृत्वकर्ताओं ने यह सबकुछ लोकतांत्रिक ढाँचे में रहते हुए और आम लोगों (मतदाताओं) की सेवा की आड़ में करना शुरू कर दिया था। इस तरह अमेरिका का महान् पूँजीवाद अब 'घोर पूँजीवाद' में बदलने लगा था।

बेबी बूमर पीढ़ी के इन नए नेतृत्वकर्ताओं की स्वार्थी प्राथमिकताओं ने पारिवारिक-सामाजिक-आर्थिक ढाँचे में भरोसे व सहयोग की नींव को ही हिला दिया था। ऊपरी तौर यह मुक्त बाजार अर्थव्यवस्था (फ्री मार्केट इकोनॉमी) सीमित करने की कोशिश नजर आ रही थी, लेकिन यह वास्तव में जीवित-जाग्रत् मनुष्य को भुलाने की कोशिश थी। जो लोग कुछ नया करने, प्रगति करने तथा प्रतिस्पर्धा को हराने की महान् अमेरिकी क्षमता में बड़ी भूमिका निभाने वाले थे, उन्हें बेबी बूमर पीढ़ी के नेतृत्वकर्ता सबसे बहुमूल्य परिसंपत्ति के रूप में देखने को तैयार नहीं थे। स्पष्ट है कि ये नेतृत्वकर्ता मुक्त बाजार अर्थव्यवस्था की मूल भावना और मनुष्य की अनंत संभावनाओं के साथ खिलवाड़ करने पर तुल गए

थे। आखिर, उन नेतृत्वकर्ताओं को यह क्यों नहीं समझ आ रही थी कि ग्राहकों को बेहतर उत्पाद, सेवा व अनुभव दिए बिना कोई कंपनी कैसे अपना बाजार-विस्तार कर सकती थी और कैसे बाजार-प्रतिस्पर्धा को हरा सकती थी?

स्वार्थी नेतृत्व व अमानवीकरण के नतीजे

रोचक तथ्य यह है कि अमेरिका की बेबी बूमर पीढ़ी ने जब से व्यापार व राजनीति को संचालित करना शुरू किया है, तब से अब तक अमेरिका सहित विश्व अर्थव्यवस्था को तीन बड़े आर्थिक संकटों का सामना करना पड़ा है।

काला सोमवार : वर्ष 1929 में 24 से 29 अक्तूबर के बीच आई गिरावट के बाद विश्व महामंदी का दौर शुरू हुआ था, जो अगले करीब 15 वर्षों तक विश्व अर्थव्यवस्था को अपनी गिरफ्त में लिये रहा। उसके लंबे अरसे बाद विश्व पूँजी बाजार में सबसे बड़ी गिरावट 19 अक्तूबर, 1987 को आई थी। इस दिवस को वित्तीय इतिहास में 'ब्लैक मंडे' (काला सोमवार) नाम से जाना जाता है। विश्वव्यापी पूँजी बाजारों में आई यह गिरावट हांगकांग में शुरू हुई थी, जो पश्चिम में यूरोप की ओर फैलती गई थी और जिसने संयुक्त राज्य अमेरिका के बाद अन्य बाजारों को भी अपनी चपेट में ले लिया था। उस दिन अमेरिकी शेयर बाजार सूचकांक 'डॉव जोंस इंडस्ट्रियल एवरेज' 22.61 प्रतिशत (508 अंक) गिरकर 1738 पर आ गया था। इस गिरावट का मुख्य कारण 'प्रोग्राम ट्रेडिंग' (कार्यक्रम व्यापार) था। विभिन्न बाजारों में कीमतों के अंतर का लाभ उठाने के लिए कंप्यूटर प्रोग्राम के उपयोग से अलग-अलग कंपनियों के शेयरों एवं संबंधित वायदा अनुबंधों की एक साथ की जानेवाली खरीद-बिक्री को 'प्रोग्राम ट्रेडिंग' कहा जाता है।

वास्तव में, कंप्यूटर प्रौद्योगिकी की उपलब्धता बढ़ने के कारण विशेष रूप से न्यूयॉर्क स्थित विश्व के सबसे बड़े पूँजी बाजार 'वॉल

स्ट्रीट' के वित्तीय प्रतिष्ठानों में, 'प्रोग्राम ट्रेडिंग' का चलन तेजी से बढ़ा था। हांगकांग की गिरावट के बाद इन प्रतिष्ठानों में कई ने आँख मूँदकर शेयरों की बिक्री शुरू कर दी थी। ज्यों-ज्यों गिरावट बढ़ने लगी थी, इन प्रतिष्ठानों की बिक्री की मात्रा भी बढ़ती गई थी। और, यह सबकुछ तात्कालिक लाभ की रणनीति के तहत किया गया था। इस घटना की गहन जाँच-पड़ताल के बाद शेयर बाजार के नियामकों ने व्यापार समाशोधन आदिलेख (ट्रेड क्लीयरिंग प्रोटोकॉल) में व्यापक बदलाव किए थे, जिससे 'प्रोग्राम ट्रेडिंग' को बहुत हद तक नियंत्रित करना संभव हो गया था। लेकिन, 'प्रोग्राम ट्रेडिंग' के माध्यम से तात्कालिक लाभ कमाने की प्रवृत्ति आज भी कायम है। हाँ, यह पहले की तुलना में काफी जटिल जरूर हो गई है।

डॉटकॉम बुलबुला : सन् 1989 में इंटरनेट के आविष्कार के बाद भविष्य की व्यापक संभावनाओं को देखते हुए सूचना एवं संचार प्रौद्योगिकी (इन्फॉर्मेशन एंड कम्युनिकेशन्स टेक्नोलॉजी/आई.सी.टी.) क्षेत्र में उद्यम पूँजी (वेंचर कैपिटल) का भारी निवेश किया जाने लगा था। शुरुआती सफलताओं के बाद ब्याज-मुक्त पूँजी के लिए आई.सी.टी. कंपनियाँ सार्वजनिक होने लगी थीं। इसके चलते वर्ष 1990 के दशक के मध्य के बाद अमेरिकी पूँजी बाजार में अभूतपूर्व तेजी का दौर शुरू हो गया था, जिसे 'डॉटकॉम बुलबुला' कहा जाता।

30 जनवरी 1995 को दुनिया के दूसरे (न्यूयॉर्क स्टॉक एक्सचेंज के बाद) सबसे बड़े शेयर बाजार नैस्डेक स्टॉक एक्सचेंज का सूचकांक 'नैस्डेक कंम्पोजिट इंडेक्स' 751.49 अंकों के स्तर से ऊपर की ओर चढ़ना शुरू हो गया था। सन् 1971 में शुरू हुआ यह सूचकांक 17 जुलाई, 1995 को पहली बार 1000 अंकों की सीमा को पार किया था। फिर, धीरे-धीरे लगातार ऊपर चढ़ता हुआ यह सन् 1998 में 2000 अंकों तक पहुँच गया था। वर्ष 1999 के अंतिम महीनों में नैस्डेक

कंपोजिट इंडेक्स में अचानक भारी तेजी आई थी और वर्ष के अंत में यह 4069.31 अंकों पर पहुँचकर बंद हुआ था। अंततः 10 मार्च, 2000 को यह बुलबुला 5132.52 की ऐतिहासिक ऊँचाई पर पहुँचने के बाद 5048.52 पर बंद हुआ था।

इस तरह, पाँच वर्षों से कम समय में नैस्डेक कंपोजिट इंडेक्स के बाजार मूल्य में 682 प्रतिशत की बढ़त दर्ज की गई थी। इसके बाद 'डॉटकॉम बुलबुला' के फटने का क्रम शुरू हो गया था, जो 23 सितंबर, 2002 को 1184.93 के न्यूनतम स्तर पर पहुँचने के बाद ही थमा था। इस तरह करीब ढाई वर्षों में नैस्डेक कंपोजिट इंडेक्स का बाजार मूल्य कुल करीब 5,000 अरब डॉलर के भारी नुकसान के साथ 6,700 अरब डॉलर के उच्चतम स्तर से 1,600 अरब डॉलर के न्यूनतम स्तर आ गया था।

आवास बुलबुला : डॉटकॉम बुलबुला की मार झेलने के बाद अमेरिकी पूँजी बाजार के नेतृत्व में विश्व अर्थव्यवस्था मजबूत सुधार की दिशा में आगे बढ़ ही रही थी कि 9 अक्तूबर, 2007 को 'आवास बुलबुला' (हाउसिंग बबल) फटने लगा था और विश्वव्यापी आर्थिक संकट का दौर शुरू हो गया था। लेकिन 14 सितंबर, 2008 को 600 अरब डॉलर मूल्य की परिसंपत्तिवाले अमेरिका के चौथे सबसे बड़े निवेश बैंक (गोल्डमैन सैश, मॉर्गन स्टेनली व मेरिल लिंच के पीछे) लेहमन ब्रदर्स के दिवालिया होते जाने की घोषणा के बाद विश्वव्यापी आर्थिक संकट तेजी से गंभीर होने लगा था।

वैसे तो अमेरिका में वर्ष 1997 के बाद से ही घरों की कीमतें बढ़नी शुरू हो गई थीं, लेकिन डॉटकॉम बुलबुला के उबरने के बाद वर्ष 2004 में उनकी कीमतों में तेज उछाल का दौर शुरू हो गया था। ऐसे में, अधिकांश अमेरिकी परिवारों ने सस्ती ब्याज दरों पर मूल्य-वृद्धि के द्वारा सुरक्षित दूसरी गिरबी (सेकंड मॉर्गेज) के माध्यम से पहले से बड़ा

घर या दूसरा घर खरीदना शुरू कर दिया था। इतना ही नहीं, अमेरिकी नागरिकों में उधार लेकर खर्च करने की आदत भी खतरनाक स्तर पर पहुँच रही थी। इस तरह, अमेरिका में वार्षिक व्यय योग्य व्यक्तिगत आय (डिस्पोजेबल पर्सनल इन्कम) की तुलना में घरेलू ऋण का स्तर तेजी से बढ़ रहा था। वर्ष 1974 में अमेरिका में कुल घरेलू ऋण 705 अरब डॉलर (व्यय योग्य व्यक्तिगत आय का 60 प्रतिशत) था, जो वर्ष 2000 के अंत में 7,400 अरब डॉलर और अंततः 2008 के मध्य में 14,500 अरब डॉलर (व्यय योग्य व्यक्तिगत आय का 134 प्रतिशत) के स्तर पर पहुँच गया था।

ऐसे में, अमेरिकी शेयर बाजारों में 9 अक्तूबर, 2007 को गिरावट का जो सिलसिला शुरू हुआ था, वह लगातार 17 महीनों तक जारी रहने के बाद 9 मार्च, 2009 को थमा था। इस बीच, 'नैस्डेक कंपोजिट इंडेक्स' में 1542.97 अंकों (54.9 प्रतिशत), 'स्टैंडर्ड एंड पुअर्स 500' में 888.62 अंकों (56.8 प्रतिशत) और 'डॉव जोंस इंडस्ट्रियल एवरेज' में 7657.49 (54.1 प्रतिशत) की गिरावट दर्ज की गई थी। और, इसके साथ-साथ विश्व भर के शेयर बाजारों में गिरावट का सिलसिला जारी रहा था। यह विश्वव्यापी आर्थिक संकट कितना गहरा था, इसका अनुमान इसी तथ्य से लगाया जा सकता है कि सात वर्षों बाद वर्ष 2016 के अंत तक भी वह पटरी पर नहीं लौट पा रही थी।

महामंदी के बाद और वर्ष 1987 के पहले शेयर बाजार में कोई गिरावट नहीं आई थी। 1920 के दशक में अंधाधुंध व्यक्तिगत व्यय और कंपनियों के अधिमूल्यन (ओवरवैल्यूएशन) के कारण शेयर बाजार गिरा था, जिसके बाद महामंदी आई थी। स्पष्ट है कि जब-जब मनुष्य प्रजाति संसाधनों को साझा करने तथा सहयोग से समूह में रहने की अपनी मूल भावनाओं से दूर हटती है तो मनुष्य समाज में असंतुलन की स्थिति पैदा होती है। और यदि मनुष्य खुद ही उस असंतुलन को दूर

करने में असफल रहता है तो प्रकृति का कानून उसे संतुलित करता है।

यहाँ पर विचारणीय तथ्य यह है कि पाषाणकालीन युग में जब मनुष्य प्रजाति के पास सीमित संसाधन थे और जीवन के खतरे बहुत अधिक थे, तब उसमें साझा करने तथा सहयोग करने का स्वाभाविक झुकाव था। लेकिन, जब संसाधनों की बहुतायत हुई और जीवन के बाहरी खतरे नगण्य रह गए तो मनुष्य की प्राथमिकताएँ क्यों बदल गईं? इसका सीधा उत्तर यही है कि जब हमारे पास कम होता है तो हम अपनी चीजों को साझा करने के लिए ज्यादा खुले होते हैं; क्योंकि ऐसी स्थिति में एक-दूसरे पर हमारी निर्भरता अधिक होती है। विडंबना यही है कि जब हमारे पास अधिक होने लगता है तो हमारी सुरक्षा दीवारें भी ऊँची होने लगती हैं, हमारे सुरक्षा व्यवस्थाएँ अधिक परिष्कृत होने लगती हैं। वास्तव में, हम लोगों को दूर रखना चाहते हैं, क्योंकि हम उनसे अपना कुछ भी साझा नहीं करना चाहते। ऐसे में, एक तरफ हमारी अधिक अर्जित करने की इच्छा बढ़ने लगती है तो दूसरी तरफ आम लोगों से हमारा शारीरिक संपर्क घटने लगता है। ये दोनों स्थितियाँ एक साथ मिलकर हमें जीवन की वास्तविकताओं के प्रति अंधा बनाने लगती थीं और हमारी मानवीय भावनाएँ कमजोर पड़ने लगती थीं।

अमेरिका में बेबी बूमर पीढ़ी के साथ भी यही कुछ हुआ था। अपनी व्यक्तिवादी महत्त्वाकांक्षाओं की पूर्ति के लिए इस पीढ़ी के नेतृत्वकर्ताओं ने कार्य-स्थलों में आंतरिक प्रतिस्पर्धा को बढ़ानेवाला माहौल बनाया था। इसके चलते एक-दूसरे पर भरोसा व सहयोग करने की मनुष्य की स्वाभाविक सामूहिक कार्य-भावना कमजोर पड़ने लगी। ऐसे में, हमारे समाज व व्यवसायों के लिए नए मूल्यों व मानदंडों की स्थापना हुई थी। वास्तव में, यह व्यक्तिगत उपलब्धियों को पुरस्कृत करनेवाली स्वार्थी रसायन डोपामाइन से संचालित कार्य-प्रदर्शन प्रणाली थी। इस कार्य-प्रणाली ने मनुष्य में स्वार्थी व निस्स्वार्थी रसायनों के

प्राकृतिक संतुलन को बिगाड़ दिया था। लोगों में डोपामाइन की मात्रा बढ़ने लगी थी, जबकि एक साथ मिलकर काम करने की प्रेरणा के लिए जिम्मेदार रसायन सेरोटोनिन और भरोसा व निष्ठा के संबंधों के लिए जिम्मेदार रसायन ऑक्सीटॉक्सिन के स्राव घटने लगे थे।

बेबी बूमर पीढ़ी के प्रभाव के साथ लगातार बढ़ता गया यह रासायनिक असंतुलन ही शेयर बाजारों में गिरावट का कारण बना था। इसी रासायनिक असंतुलन ने अमेरिका की निगमित कार्य-संस्कृति का अमानवीकरण (डीह्यूमनाइजेशन) कर दिया था। इसने एनरॉन, वर्ल्डकॉम, लेहमन ब्रदर्स जैसे विशालकाय व्यावसायिक संगठनों के स्थायित्व को मर्मांतक चोट पहुँचाई थी और वे दिवालिया हो गए थे। विडंबना यह है कि बेबी बूमर पीढ़ी ने जाने-अनजाने अमेरिका के साथ-साथ विश्व की कार्य-संस्कृतियों को भी असंतुलित कर दिया था। और, यह असंतुलन इतना अधिक बढ़ गया था कि कई वर्षों की लगातार कोशिशों के बाद भी दुनिया भर की सरकारें वर्ष 2007-08 के वित्तीय संकट से उबर नहीं पा रही हैं।

□

5

आधुनिक अमूर्तन का मानवीय प्रबंधन

1960 के दशक में अमेरिकी सामाजिक मनोवैज्ञानिक तथा येल विश्वविद्यालय के प्राध्यापक स्टेनली मिलग्राम ने 'प्राधिकारी व्यक्तित्व के लिए आज्ञाकारिता' विषय पर विवादास्पद प्रयोग किया था, जो 'मिलग्राम प्रयोग' के नाम से जाना जाता है। येरूशलम में जर्मन नाजी नर-संहार के प्रमुख आयोजकों में से एक एडॉल्फ एइचमैन की सुनवाई के शुरू होने के तीन महीने बाद, जुलाई 1961 में, मिलग्राम ने यह प्रयोग येल विश्वविद्यालय में लिंसली चिट्टेंडेन हॉल के तहखाने में शुरू किया था। उस समय इस सुनवाई से उपजे प्रश्न दुनिया भर के मनोवैज्ञानिकों व आम लोगों के बीच माथापच्ची के सबसे चर्चित विषय थे। सभी इन प्रश्नों के उत्तर जानने को उत्सुक थे कि 'क्या ऐसा हो सकता है कि एइचमैन व उसके लाखों सह-अपराधी सिर्फ आदेश का पालन कर रहे थे? क्या हम उन सबको सह-अपराधी कह सकते हैं?' मिलग्राम ने अपना मनोवैज्ञानिक अध्ययन इन्हीं प्रश्नों पर केंद्रित किया था।

मिलग्राम ने सन् 1974 में प्रकाशित आलेख 'आज्ञाकारिता के खतरे' में अपने प्रयोग का संक्षिप्त विवरण प्रस्तुत करते हुए लिखा था—"आज्ञाकारिता के कानूनी व दार्शनिक पहलू भारी महत्त्व के हैं;

लेकिन वे इसके बारे में बहुत कम कहते हैं कि ठोस स्थितियों में ज्यादातर लोग कैसे व्यवहार करते हैं। मैं येल विश्वविद्यालय में यह परीक्षण करने के लिए कि एक आम नागरिक, सिर्फ इसलिए कि उसे प्रयोगात्मक वैज्ञानिक द्वारा आदेश दिया गया था, किसी अन्य व्यक्ति पर कितना दर्द थोपेगा, एक सरल प्रयोग का गठन किया था। पीड़ितों की चीखों से प्रतिभागियों के कानों को झनझनाए हुए, (जब) दूसरों को चोट पहुँचाने के खिलाफ प्रतिभागियों की सबसे मजबूत नैतिक अनिवार्यताओं के विरुद्ध कठोर प्राधिकारी को खड़ा किया गया था (तो) प्राधिकारी ही अधिक बार विजयी था। प्राधिकारी के आदेश पर लगभग किसी भी हद तक जाने की वयस्कों की चरम इच्छा अध्ययन के मुख्य निष्कर्ष का गठन करती है और तथ्य अत्यंत तात्कालिकता के साथ स्पष्टीकरण की माँग करती है।"

मिलग्राम ने आगे लिखा था—"बस, अपनी नौकरियाँ करनेवाले और अपनी तरफ से कोई विशेष दुश्मनी नहीं रखनेवाले आम लोग भयानक विनाशकारी प्रक्रिया में प्रतिनिधि बन सकते हैं। इतना ही नहीं, यहाँ तक कि जब उनके काम के विनाशकारी प्रभाव साफ तौर पर स्पष्ट हो जाते हैं और उनसे नैतिकता के मौलिक मानकों के असंगत कार्यों को करने के लिए कहा जाता है (तो भी) अपेक्षाकृत कम लोगों के पास प्राधिकारी का विरोध करने के लिए जरूरी उपाय होते हैं।"

जब मिलग्राम के निष्कर्ष सच होने लगे

वास्तविकता यह है कि मिलग्राम का प्रयोग अमेरिका ही नहीं, विश्व भर में हर एक दिन पूरा किया जा रहा है। जब हम मिलग्राम के निष्कर्षों का व्यापक दृष्टिकोण लें तो प्रचलित पूँजीवाद में अमूर्तन चक्र (साइकिल ऑफ एब्सट्रेक्शन) आसानी से दिखाई देता है। अमूर्तन भौतिक स्थान तक ही सीमित नहीं रह गया है, बल्कि इसमें संख्याओं की अमूर्त प्रवृत्ति भी शामिल है। ज्यों-ज्यों कंपनियाँ बड़ी होती जाती

हैं, शीर्ष नेतृत्व और उनके लिए काम करनेवाले या उनके उत्पाद खरीदनेवाले लोगों के बीच उतनी ही अधिक भौतिक दूरी पैदा होती जाती है। ऐसे में, शीर्ष नेतृत्व को लगभग हर प्रकार की गतिविधियों की जानकारियों के लिए दस्तावेजों में सूचित की गई संख्याओं पर ही विश्वास करना पड़ता है। जब हम संख्यात्मक अमूर्तन (न्यूमेरिकल एब्सट्रेक्शन) की प्रक्रिया के माध्यम से स्वयं का मानव जाति से संबंध विच्छेद करते हैं, तब हमारी हालत भी मिलग्राम के स्वयंसेवक प्रतिभागियों जैसी हो जाती है और हम अमानवीय व्यवहार करने में सक्षम हो जाते हैं। अर्थात् हम अमूर्तन या मतिहीनता (एबसेंस ऑफ माइंड) के शिकार बन जाते हैं और नैतिकता के मौलिक मानकों पर कार्य करने की हमारी मानसिक चेतना शून्य हो जाती है। यह उसी प्रकार की स्थिति है, जैसा कि मिलग्राम ने अपने प्रयोग में आदेश देनेवाले प्राधिकारी व स्वयंसेवक प्रतिभागियों के बीच भौतिक दूरी पैदा कर नाटकीय प्रभाव पैदा किया था। इस तरह, लोग जितना अधिक अमूर्त होते जाते हैं, आदेश देनेवाला प्राधिकारी या नेतृत्वकर्ता उसे उतना ही अधिक नुकसान पहुँचा पाने के योग्य बनता जाता है।

आम जनजीवन में मिलग्राम-प्रयोग के निष्कर्षों के सजीव हो जाने का प्रमाण वर्ष 2009 की शुरुआत में मिला था, जब अमेरिकी समाचार-पत्रों में साल्मोनेला बैक्टीरिया के फैलने की खबर प्रकाशित हुई थी। अमेरिका के प्रमुख राष्ट्रीय सार्वजनिक स्वास्थ्य संस्थान 'रोग नियंत्रण एवं निवारण केंद्र' (सेंटर्स फॉर डिजीज कंट्रोल एंड प्रिवेंशन/सी.डी.सी.) के अनुसार, वर्ष 2008 के अंत और 2009 की शुरुआत में दूषित मूँगफली युक्त उत्पादों को खाने से हुई खाद्य-विषाक्तता (फूड पॉइजनिंग) से नौ लोगों की मौत हो गई थी और 46 राज्यों में कम-से-कम 714 लोग, जिनमें आधे बच्चे थे, बीमार हो गए थे। वास्तविक संख्या बहुत अधिक मानी गई थी, क्योंकि बहुत से मामले

सूचित ही नहीं किए जा सके थे।

अमेरिका के स्वास्थ्य एवं मानव सेवा विभाग की संघीय अभिकरण 'खाद्य एवं औषधि प्रशासन' (फूड एंड ड्रग एडमिनिस्ट्रेशन/एफ.डी.ए.) एवं सी.डी.सी. की जाँच में साल्मोनेला की वजह से बीमारियों के फैलने के स्रोत पीनट कॉरपोरेशन ऑफ अमेरिका (पी.सी.ए.) के ब्लाकेली (जॉर्जिया) प्रसंस्करण संयंत्र में उत्पादित मूँगफली मक्खन (पीनट बटर) मूँगफली लेई (पीनट पेस्ट) व मूँगफली खाद्य (पीनट फूड) थे। पी.सी.ए. द्वारा उत्पादित व वितरित मूँगफली व मूँगफली उत्पादों का उपयोग कर अमेरिका की 361 से अधिक खाद्य कंपनियाँ 3,913 विभिन्न प्रकार के खाद्य उत्पादित कर रही थीं। हालाँकि 13 फरवरी, 2009 को पी.सी.ए. अपने तीन उत्पादन संयंत्रों को बंद कर दिवालिया हो जाने का आवेदन दाखिल कर दिया था, लेकिन इस खाद्य संदूषण (फूड कंटेमिनेशन) की उस घटना ने अमेरिका के इतिहास में अब तक के सबसे व्यापक खाद्य वापसी (फूड रिकॉल) को प्रेरित किया था।

एफ.डी.ए. की जाँच में पता चला था कि पी.सी.ए. जान-बूझकर दूषित खाद्यों का वितरण करती रही थी, जबकि कंपनी इस आरोप को खारिज करती रही थी। लेकिन, अदालत में पेश किए गए दस्तावेजों से पता चला था कि पी.सी.ए. के अध्यक्ष स्टीवर्ट पर्नेल ने अपने एक संयंत्र प्रबंधक को लिखे इ-मेल में उत्पाद नमूनों में साल्मोनेला पाए जाने के चलते भारी नुकसान की चर्चा की थी और लक्ष्यों को पूरा करने का दबाव बनाया था। इस घटना से साफ पता चलता है कि जब ग्राहकों या कर्मचारियों से नेतृत्वकर्ता के संबंध अमूर्त हो जाते हैं तो वह सिर्फ आँकड़ों की चिंता करता है। उसे दूसरों के जान की भी परवाह नहीं होती है और कर्मचारी भी नैतिकता को भूलकर उसके आदेश का विरोध नहीं कर पाता और अपराध का सहभागी बन जाता है।

जिस प्रकार मिलग्राम-प्रयोग में स्वयंसेवक प्रतिभागियों ने वैज्ञानिक को अंतिम प्राधिकारी व्यक्तित्व मानकर उसके आदेशों के पालन के लिए अपनी नैतिकता त्याग दी थी, उसी तरह कमजोर कार्य-संस्कृतिवाले व्यावसायिक संगठनों के कर्मचारी अपने नियोक्ता को मानते हैं। ऐसे कंपनियों के नेतृत्वकर्ता अपने लोगों में यह भरोसा पैदा करने की कोशिश नहीं करते हैं कि वे अच्छा काम करें। इसके उलट, वे अपने आदेश व नियंत्रण से ऐसी प्रणाली को स्थायी बनाते हैं, जिसमें कर्मचारियों द्वारा वही कार्य किए जाने की सबसे अधिक संभावना होती है, जो नेतृत्वकर्ताओं के हित में हों, चाहे वे कार्य अनैतिक ही क्यों न हों। आदेश व नियंत्रण से संचालित होनेवाले कार्य-स्थलों में अनिश्चितता, गुटबंदी व राजनीति फूलती-फलती है। वहाँ सुरक्षा-चक्र की अवधारणा सफल नहीं हो पाती है, कर्मचारियों का तनाव बढ़ता है और अपने हितों की सुरक्षा उनकी प्राथमिकता बन जाती है।

जैसा कि मिलग्राम-प्रयोग में साबित हुआ था कि जब आदेश देनेवाला प्राधिकारी अपने फैसलों या आदेशों के प्रभाव को नहीं देख पाता है, यानी जब लोगों की जिंदगियाँ अमूर्तन या मतिहीनता बन जाती है, तो 65 प्रतिशत से अधिक प्राधिकारियों/नेतृत्वकर्ताओं में किसी को मार देने तक की क्षमता आ जाती है। जब नेतृत्वकर्ता उन कर्मचारियों को देख-सुन नहीं पाता है, जिन्हें वह नुकसान पहुँचा रहा होता है तो क्या होता है ? तब उस नेतृत्वकर्ता को समस्या में घिर जाने, नौकरी खो देने, आँकड़ों के लापता हो जाने या कार्य-स्थल के अशांत हो जाने के डर उसके फैसलों के प्राथमिक चालक बन जाते हैं। ऐसे में, वह नेतृत्वकर्ता अपनी गलतियों को दूसरों पर थोपना शुरू कर देता है और कार्य-स्थल में अविश्वास का माहौल बढ़ता जाता है।

कानूनी सीमाओं में अमूर्तन की भयानकता

20वीं सदी के अंत से पहले की अवधि में सबसे बड़े जहाज भी

मुख्य रूप से बड़ी नौकाएँ ही थे। वैसे तो वे जहाज भी भारी संख्या में लोगों को एक से दूसरे स्थानों तक ढोते थे, लेकिन उनकी यात्राएँ नज़दीकी किनारों के बीच ही होती थीं। इसीलिए जहाज संचालन में मालिकों की जिम्मेदारियों को रेखांकित करनेवाले नियम भी उसी हिसाब से बनाए गए थे। हालाँकि, सन् 1912 में जब टाइटैनिक ने अपनी यात्रा की तैयारी की थी, जब तक समुद्रगामी जलपोतों का चलन तेज होने लगा था; लेकिन तब तक पुराने नियमों को समय के अनुसार सुधारा नहीं गया था। इसीलिए, टाइटैनिक के संचालकों ने पुराने कानून की अनिवार्यता के अनुसार जहाज में 16 जीवन-रक्षक नौकाएँ (लाइफ बोट) और चार हवा भरे जानेवाले बेड़े भी लाद रखे थे। लेकिन, टाइटैनिक उस पुराने कानून में वर्गीकृत सबसे बड़े जहाज के आकार से चार गुना बड़ा था। ऐसे में, जब अपनी ऐतिहासिक यात्रा शुरू करने के चार दिनों बाद टाइटैनिक तटरेखा से बहुत दूर विशाल हिमशिला (आइसबर्ग) से टकराया था तो उसके पास हरेक यात्री के लिए जीवन-रक्षक नौका नहीं थी और 2,224 यात्रियों एवं चालक दल के सदस्यों में से 1,500 से अधिक लोगों को मौत की शरण में जाना पड़ा था।

लेकिन, रोचक तथ्य यह है कि समूचे नौवहन उद्योग (शिपिंग इंडस्ट्री) को मालूम था कि जल्द ही नया संशोधित कानून लागू होने वाला था। इसी को ध्यान में रखते हुए टाइटैनिक के संचालकों ने जहाज की छत पर सभी यात्रियों की सुरक्षा के लिए अपेक्षित संख्या में जीवन-रक्षक नौकाओं को रखने के लिए अतिरिक्त स्थान बना रखा था। लेकिन, जीवन-रक्षक नौकाएँ न केवल काफी महँगी थीं, बल्कि उनके नियमित रख-रखाव की जरूरत से जहाज की स्थिरता भी प्रभावित हो सकती थी। इसीलिए, टाइटैनिक के संचालकों ने नए कानून आने तक सभी यात्रियों के लिए आवश्यक पर्याप्त संख्या में जीवन-रक्षक नौकाएँ

न रखने का फैसला किया था। साफ है कि टाइटैनिक संचालकों का वह फैसला भले ही व्यावहारिक रूप से उचित न था, लेकिन तत्कालीन कानून की बाध्यताओं को पूरा करता था।

इसी प्रकार की व्यावसायिक अमूर्तन या मतिहीनता का आधुनिक उदाहरण अमेरिकी बहुराष्ट्रीय प्रौद्योगिकी कंपनी 'एप्पल इंक' द्वारा अपेक्षित कर न अदा करने के मामले में देखने को मिलता है। राजस्व व कुल संपत्ति, दोनों के हिसाब से एप्पल दुनिया की सबसे बड़ी सूचना प्रौद्योगिकी कंपनी है। नवंबर 2014 में बाजार पूँजीकरण के हिसाब से विश्व का सबसे बड़ा सार्वजनिक निगम होने के अलावा एप्पल सबसे पहली अमेरिकी कंपनी भी बन गई थी, जिसका मूल्य 700 अरब डॉलर आँका जा रहा था। एप्पल में 1,15, 000 (जुलाई 2015 तक) स्थायी पूर्णकालिक कर्मचारी कार्यरत थे। मार्च 2016 में एप्पल 17 देशों में कुल 478 खुदरा भंडारों के साथ-साथ दो ऑनलाइन खुदरा भंडारों—'एप्पल स्टोर' व 'आईट्यून स्टोर' का संचालन भी कर रही थी। याद रहे कि उस समय तक 'आईट्यून स्टोर' विश्व का सबसे बड़ा संगीत विक्रेता था। उस समय तक विश्व भर में 1 अरब से अधिक एप्पल उत्पादों का सक्रिय उपयोग हो रहा था। वित्त वर्ष 2014-15 (सितंबर में खत्म हुए) में एप्पल ने करीब 215.639 अरब डॉलर राजस्व (रेवेन्यू) पर 60.024 अरब डॉलर परिचालन आय (ऑपरेटिंग इन्कम) एवं 45.687 अरब डॉलर शुद्ध आय अर्जित की थी। उस समय उसकी कुल परिसंपत्ति 321.686 आँकी गई थी।

फिर भी, एप्पल पर वर्ष 2011 व 2012 में प्रति दिन औसतन 1.70 करोड़ डॉलर के हिसाब से कुल 12.5 अरब डॉलर का निगम कर (कॉरपोरेट टैक्स) टालने का मामला सामने आया था। अमेरिकी सीनेट की जाँच स्थायी उपसमिति (परमानेंट सबकमिटी ऑन इन्वेस्टीगेशन) को भेजी जानकारी में एप्पल ने बताया था कि उसने कॉर्क (आयरलैंड)

में पंजीकृत अपतटीय नियंत्रक कंपनी (ऑफशोर होल्डिंग कंपनी) एप्पल ऑपरेशन्स इंटरनेशनल (ए.पी.आई.) वित्त वर्ष 2011 व 2012 में क्रमश: 3.5 अरब डॉलर और 9 अरब डॉलर का निगम कर टाला था। ध्यान रहे कि अमेरिका में निगम कर की दर 35 प्रतिशत है, जबकि एप्पल ने समिति को बताया था कि उसने आयरलैंड में 2 प्रतिशत से भी कम दर पर निगम कर अदा का सौदा किया था। याद रहे कि एप्पल ए.पी.आई. के माध्यम से अपना करीब 30 अरब डॉलर का विदेशी कारोबार नियंत्रित करती है।

21 मई, 2013 को समिति के सामने गवाही के लिए उपस्थित होने से पहले एप्पल के मुख्य कार्यकारी अधिकारी (सी.ई.ओ.) ने पत्रकारों से बातचीत में चौंकाने वाली टिप्पणी की थी कि उसकी कंपनी देशभक्त अमेरिकी कंपनी है और कर अदा करने के मामले में कानून व कानून की भावना के अनुरूप काम करती है। लेकिन 30 अगस्त, 2016 को यूरोपीय संघ के प्रतिस्पर्धा आयुक्त (कॉम्पीटिशन कमिश्नर) ने तीन वर्षों की जाँच के बाद यह निष्कर्ष निकाला था कि एप्पल ने आयरलैंड से 'अवैध राज्य सहायता' (इल्लीगल स्टेट ऐड) प्राप्त की थी और इसी आधार पर यूरोपीय संघ ने एप्पल को बकाया करों के रूप में 13 अरब यूरो (14.5 अरब डॉलर) के साथ ब्याज का भी भुगतान करने का आदेश दिया था।

बेबी बूमर पीढ़ी ने अमेरिका में ही नहीं, समूचे विश्व में व्यावसायिक कार्य-प्रणाली में अमूर्तन की भयानक स्थिति को विकसित किया है। इसका चौंकाने वाला प्रमाण यह है कि अमेरिका जैसे सबसे विकसित देश से लेकर भारत जैसे विकासशील देश में भी कराधान का ढाँचा उलट गया हैं और आम करदाताओं की तुलना में निगमित करदाताओं का कर योगदान काफी कम है। वर्ष 2015 में व्यक्ति विशेष करदाताओं ने अमेरिकी सरकार को 1,208 अरब डॉलर का योगदान

किया था, जबकि निगमित कर 131 अरब डॉलर ही था। अमेरिकी पूँजीवाद-प्रेरित भारतीय कर प्रणाली की हालत तो इससे भी बदतर है।

इस संबंध में 15 फरवरी, 2016 को भारतीय प्रधानमंत्री श्रीनरेंद्र मोदी ने देश की केंद्रीय कर प्रणाली पर चौंकानेवाली टिप्पणी की थी—''ऐसा क्यों है कि धनवानों को जारी अनुवृत्तियों (सब्सिडी) को सकारात्मक ढंग से चित्रित किया जाता है? मैं आपको एक उदाहरण देता हूँ। निगमित करदाताओं के लिए प्रोत्साहन योजनाओं से कुल राजस्व का नुकसान 62,000 करोड़ रुपए से अधिक था। मुझे जरूर स्वीकार करना चाहिए कि मैं इस मामले पर विशेषज्ञों द्वारा शब्दों के उपयोग के तरीके से हैरान हूँ। जब किसानों या गरीबों को लाभ दिया जाता है, विशेषज्ञों व सरकारी अधिकारियों द्वारा आमतौर पर इसे अनुवृत्ति (सब्सिडी) कहते हैं। हालाँकि, मैं पाता हूँ कि यदि लाभ उद्योग या वाणिज्य को दिया जाता है तो वह आमतौर पर 'प्रोत्साहन' (इंसेंटिव) या 'राजकीय सहायता' (सबवेंशन) हो जाता है।''

प्रधानमंत्री की चिंता का कारण उचित था, क्योंकि उद्योग-वाणिज्य समुदाय की प्रोत्साहन योजनाओं के कारण निगमित कर की प्रभावी दर 21.94 प्रतिशत (वर्ष 2010-11) से गिरकर सिर्फ 1.53 प्रतिशत (2014-15) रह गई थी। यही कारण था कि वित्तवर्ष 2014-15 में 52,911 कंपनियों ने लाभ कमाया था, लेकिन प्रभावी कर दर शून्य होने के कारण उन्होंने कोई निगमित कर नहीं दिया था। उदाहरण के लिए, भारत सरकार द्वारा सूचीबद्ध 32 प्रोत्साहनों में से 11 खातों में 95 प्रतिशत राजस्व का नुकसान हो रहा था। इनमें से त्वरित मूल्य ह्रास (एक्सेलरेटेड डेप्रिसिएशन) में 37,010 करोड़, विशेष आर्थिक क्षेत्र (स्पेशल इकोनॉमिक जोन) छूट में 18,394 करोड़ और विद्युत् उत्पादन, पारेषण व वितरण (पॉवर जनरेशन, ट्रांसमिशन एंड डिस्ट्रीब्यूशन) की छूटों में 10,607 करोड़ के नुकसान हो रहे थे, जो

कुल राजस्व नुकसान का 67 प्रतिशत था। हालाँकि, नरेंद्र मोदी सरकार ने इस नुकसान को कम करने की दिशा में कदम बढ़ाए थे, फिर भी वर्ष 2014-15 में निगमित कराधान में 65,067 करोड़ का नुकसान झेलना पड़ा था और 2015-16 में 68,710 करोड़ के नुकसान का आकलन किया गया था।

हालाँकि, निगमित क्षेत्र की कंपनियों के इस गोरखधंधे से किसी के जीवन को भले ही कोई खतरा न हुआ हो, लेकिन इस प्रकार के व्यापार व्यवहार के कारण उद्योग-व्यापार जगत् के प्रति आम नागरिकों का भरोसा पूरी तरह खत्म होता जा रहा है। और, यह पूरी तरह से स्वाभाविक जीव-वैज्ञानिक प्रकिया है। व्यक्ति विशेष की तरह कंपनी विशेष का भी उच्च नैतिक चरित्र होता है। हालाँकि इस मानक को कानून के द्वारा निश्चित नहीं किया जा सकता, यह किसी के भी द्वारा आसानी से महसूस किया जा सकता है। 'फॉर्च्यून' या 'फोर्ब्स' पत्रिका द्वारा जारी की जानेवाली विश्व की सबसे बड़ी 1,000 कंपनियों की सूची में करीब 650 कंपनियाँ अमेरिका की हैं। चूँकि इन कंपनियों के नेतृत्वकर्ताओं के लिए अपने कारोबार को दस्तावेजी आँकड़ों के बिना चला पाना संभव नहीं है, इसलिए वे अपने तात्कालिक लाभ के लिए मानवता पर प्रभाव का विचार किए बिना ही फैसले करेंगे और अमूर्तन की भयानकता बढ़ती ही जाएगी। यदि विश्व को अमूर्तन के नुकसानदेह प्रभाव से बचाना है तो इन प्रभावशाली कंपनियों के नेतृत्वकर्ताओं के लिए एक ही विकल्प बचता है कि शेयरधारक ग्राहक या बाजार माँग पर विचार करने के साथ-साथ नैतिक आदर्शों का भी पालन करें।

लोग 'संख्या' नहीं, 'लोग' ही होते हैं

बड़ी कंपनियों के नेतृत्वकर्ताओं से सबसे बड़ी गलती यह हो जाती है कि वे 'लोगों की संख्या' को ही लोग मानने लग जाते हैं। सच्चाई यह है कि एक समय के बाद संख्या का लोगों से संबंध खत्म

हो जाता है तो वे सिर्फ संख्या ही रह जाते हैं और अर्थ-शून्य हो जाते हैं। मनुष्य जन्मजात रूप से दृश्योन्मुख (विजुअली ओरिएंटेड) प्राणी है। हम देखकर ही विश्वास करते हैं और फिर उस काम को आगे बढ़ाते हैं। जब हम किसी व्यक्ति की जरूरत देख पाते हैं, तभी हम उसकी सहायता के लिए दौड़ पाते हैं। यदि हमारे पास आज की तुलना में बेहतर भविष्य की दूरदृष्टि हो तो हम उसका निर्माण भी कर सकते हैं। यदि यह मापन प्रणाली को एक से दूसरी संख्या की तरफ बढ़ाने की बात हो तो हम वैसा भी कर सकते हैं। लेकिन यदि संख्या सिर्फ देखने योग्य संख्या ही हो तो अपने फैसलों के दूरस्थ प्रभाव को समझ पाने की हमारी योग्यता कुंठित हो जाती है।

जोसेफ स्टालिन कहा करता था, ''एक व्यक्ति की मौत त्रासदी (ट्रेजेडी) है, लेकिन एक लाख की मौत आँकड़ा (स्टेटिस्टिक्स) है।'' सोवियत संघ की कम्युनिस्ट पार्टी की केंद्रीय समिति के महासचिव के पद पर आसीन (3 अप्रैल, 1922 से 16 अक्तूबर, 1952) होने के नाते वह प्रभावी रूप से सोवियत संघ का तानाशाह शासक था, जो लाखों लोगों की मौत का जिम्मेदार माना जाता है। कई अन्य तानाशाहों की तरह वह भी अत्यंत क्रूरता के साथ शासन करता था, बहुत कम लोगों पर भरोसा करता था और बहुत ही विकृत मानसिकतावाला व्यक्तित्व था। लेकिन, 'त्रासदी' व 'संख्या' के बारे में उसकी समझदारी पूरी तरह सही थी।

यदि धन या उत्पादों को दरशाने के लिए बड़ी संख्या का प्रयोग हो तो वह अलग बात होती है। लेकिन, जब मानव जाति को दरशाने के लिए बड़ी संख्या का उपयोग शुरू होना है तो फिर स्टालिन का कथन सच होने लगता है और नेतृत्वकर्ता की सहानुभूति करने की क्षमता कमजोर पड़ने लगती है। इस क्रूर तथ्य को इस उदाहरण से आसानी से समझा जा सकता है। जब हमारे या हमारे निकट संबंधियों

के परिवार के मुखिया की नौकरी छूट जाती है, तो हम उसके नुकसान के प्रति भावुक हो जाते हैं। लेकिन, जब हम आएदिन बड़ी कंपनियों द्वारा हजारों लोगों की छँटनी का समाचार पढ़ते या सुनते हैं तो हमें कोई चिंता नहीं होती है। इसी प्रकार, बड़ी कंपनियों के नेतृत्वकर्ताओं का अपने कर्मचारियों से कोई भौतिक संपर्क नहीं होता है और वे लोगों को आँकड़े से ज्यादा कुछ भी नहीं समझ पाते हैं। इसीलिए वे एक झटके में हजारों लोगों की छँटनी का आदेश जारी कर देते हैं। लेकिन, जब वह आदेश निचले स्तरों पर पहुँचता था तो लोगों से सीधे संपर्क में कार्य करनेवाले नेतृत्वकर्ताओं को उसे लागू करने में भारी परेशानी महसूस हो सकती है। लेकिन, वहाँ भी मिलग्राम-प्रयोग सच हो जाता है और निचले स्तरों के नेतृत्वकर्ता भी अपने शीर्ष प्राधिकारी के आदेश को लागू करते समय अपनी व्यक्तिगत नैतिकता की चिंता नहीं करते हैं। तब वे हिटलर के कारिंदों की तरह ही होते हैं, जो सामूहिक नर-संहार करने से भी नहीं चूकते।

इस तरह, मनुष्य को संख्या मानना अमूर्तन या मतिहीनता की स्थिति ही है और आजकल अधिकांश बड़ी कंपनियों के नेतृत्वकर्ता इसके शिकार दिखते हैं। आधुनिक संख्यात्मक अमूर्तन की समस्या लगातार भयानक रूप लेती जा रही है, जिसका मानवीय प्रबंधन समय की सबसे बड़ी माँग और नेतृत्वकर्ताओं की सबसे बड़ी चुनौती बन गई है। लेकिन इसका हल भी असंभव नहीं है। बस, नेतृत्वकर्ताओं को अपने लोगों के प्रति दृष्टिकोण बदलने, उन्हें 'संख्या' की बजाय 'मनुष्य' मान कर फैसला लेने की जरूरत है। इस दिशा में सबसे मूल्यवान् पहल तो यह हो सकती है कि शीर्ष नेतृत्वकर्ता पर जिन मानव-समूहों के नेतृत्व की जिम्मेदारी है, उसे वह व्यक्तिगत रूप से जाने। वैसे तो उनमें सभी को सीधे तौर पर जान पाना असंभव-सा होगा, लेकिन शीर्ष नेतृत्वकर्ता अपने कार्य समूहों के नेतृत्वकर्ताओं के

माध्यम से अपने सभी लोगों की जानकारी रख सकते हैं और उनके लिए सामूहिक रूप से चिंता भी कर सकते हैं। लेकिन ऐसा तभी हो सकेगा, जब शीर्ष नेतृत्वकर्ता लोगों को 'संख्या' नहीं, बल्कि 'लोग' मानना शुरू करें। जब नेतृत्वकर्ता अपने साम्ने रखे जानेवाले दस्तावेजों की संख्या में जीवित लोगों को देखेंगे तो उनका फैसला भी मानवीय ही होगा।

कैसे करें आधुनिक अमूर्तन का प्रबंधन?

जब नेतृत्वकर्ता लोगों को 'संख्या' नहीं, बल्कि 'लोग' मानने का दृढ़संकल्प करेंगे तो आधुनिक कार्य-स्थलों में संख्यात्मक अमूर्तन की समस्या को निम्नलिखित तरीके से प्रबंधित किया जा सकता है।

लोगों को साथ-साथ रखें—कंप्यूटर व इंटरनेट ने हमारी कार्यक्षमता को बढ़ाने में आश्चर्यकारी योगदान किया है। लेकिन, सच यह भी है कि इस प्रौद्योगिकी क्रांति ने आभासी संसार (वर्चुअल वर्ल्ड) का भी निर्माण किया है, जिसमें मनुष्य के भौतिक संपर्क की जरूरत लगभग समाप्त-सी हो गई है। और, इसी आभासी संसार ने अमूर्तन की समस्या को भयानक स्तरों पर ले जाने में भी सबसे बड़ा योगदान किया है। याद रखें कि प्रौद्योगिकियाँ हमारी कार्यक्षमताओं को बढ़ाने में तो मदद कर सकते हैं, पर अपने लोगों के साथ गहरे व भरोसेमंद संबंध बनाने में योगदान नहीं कर सकते। फेसबुक पर 'लाइक' भले ही आपके शरीर में निस्स्वार्थी रसायन सेरोटोनिन के स्राव को बढ़ा दे और आपको खुशी महसूस हो, लेकिन यह आभासी खुशी ही कही जा सकती है। वास्तविक खुशी के लिए तो दो व्यक्तियों का आमने-सामने होना जरूरी होता है। इसीलिए, कर्मचारियों के बीच आपसी मेल-जोल बढ़ाने के लिए नियमित तौर पर सम्मेलनों, सामूहिक यात्राओं आदि का आयोजन बहुत आवश्यक है।

आकार को प्रबंधन योग्य रखें : 1990 के दशक में अंग्रेज

मानव-विज्ञानी व ऑक्सफोर्ड विश्वविद्यालय में प्रायोगिक मनोविज्ञान (एक्सपेरिमेंटल साइकोलॉजी) विभाग में सामाजिक व विकासवादी तंत्रिका विज्ञान अनुसंधान समूह (सोशल एंड एवॉल्यूशनरी न्यूरोसाइंस रिसर्च ग्रुप) के प्रमुख रॉबिन इयान मैकडोनॉल्ड डनबर ने कार्य समूह के प्रबंधन योग्य आकार के बारे में रोचक प्रयोग किया था। डनबर ने निष्कर्ष निकाला था कि किसी भी कार्य समूह में व्यक्तियों की संज्ञानात्मक सीमा (कॉग्निटिव लिमिट) यानी एक-दूसरे को पहचानने और आपसी संबंधों को स्थिर बनाए रखने की सीमा 150 होती है, जिसे 'डनबर संख्या' के नाम से जाना जाता है। स्पष्ट है कि आजकल कार्य-स्थलों में अमूर्तन की समस्या उसके बहुत बड़े आकार के कारण भी उत्पन्न हो रही है।

याद रहे कि पाषाण काल में जब हमारे पूर्वज कंदराओं में रहते थे और शिकार के माध्यम से अपना व अपने समूह का पेट भरते थे तो उनके समूहों में लोगों की संख्या 100 से 150 के बीच में होती थी। आज भी दुनिया की विभिन्न जनजातियाँ 150 के समूह में ही निवास करती हैं। यहाँ तक कि अमेरिकी नौसैनिकों के समूह का आकार 150 का ही होता है। यह जादुई संख्या नजदीकी संबंधों की वह संख्या है, जिसका स्वाभाविक रूप से प्रबंधन करने लिए प्रकृति ने हमें बनाया है। यही कारण है कि शीर्ष नेतृत्वकर्ताओं को अपनी विशाल कंपनी के प्रभावी नियंत्रण के लिए मध्य स्तर के नेतृत्वकर्ताओं पर पूरा भरोसा करना अनिवार्य होता है। कोई भी व्यक्ति 150 से अधिक संख्यावाले लोगों के समूह को प्रभावी रूप से प्रबंधित नहीं कर सकता, क्योंकि इससे बड़े समूह में आपसी भरोसे व सहयोग की भावना को मजबूत बनाए रखने के सबसे अधिक जरूरी सुरक्षा-चक्र का निर्माण कर पाना संभव नहीं होता है।

फैसले के प्रभाव को स्वयं परखें : एक सामाजिक प्राणी के

रूप में हमें अपने कार्य पर अपने समय एवं कोशिश के वास्तविक व ठोस प्रभाव को देखना जरूरी होता है। इससे हमें अपने कार्य का मतलब भी समझ आता है और उसे बेहतर तरीके से करने की प्रेरणा भी मिलती है। इसीलिए, नेतृत्वकर्ताओं के लिए यह बहुत जरूरी है कि वे अपने फैसले के प्रभाव को स्वयं परखें। जब हम अपने फैसले के सकारात्मक प्रभाव को भौतिक रूप से स्वयं ही देखते हैं तो हमें अपने काम का वास्तविक मूल्य समझ आता है, साथ ही अपने काम को और अधिक परिश्रम से करने की प्रेरणा भी मिलती है।

सिर्फ धन ही नहीं, समय भी दें : चाहे वे कार्य-स्थल के संबंध हों या व्यक्तिगत संबंध, सिर्फ धन से सहयोग करने से बात नहीं बनती; बल्कि संबंधों की मजबूती को बनाए रखने के लिए उन्हें समय भी देना पड़ता है। उदाहरण के लिए, मान लें कि आप अपना घर बदल रहे हैं। कोई मित्र आपको अग्रिम किराया राशि को भरने के लिए धन देता है और दूसरा आपको सामान बाँधने व पहुँचाने के क्रम में आपके साथ रहकर मदद करता है। तो, आप अपने किस मित्र से अधिक नजदीकी महसूस करते हैं? धन देनेवाले मित्र या फिर अपनी ऊर्जा व समय खर्च करनेवाले से? संभवत: आपका उत्तर दूसरा मित्र ही होगा, जो मौके पर आपके साथ खड़ा रहा था और जिसने आपकी परेशानी को साझा किया था। इससे स्पष्ट होता है कि धन ठोस संसाधनों या मानवीय कोशिशों का अमूर्तन ही है। नेतृत्वकर्ताओं के लिए इस तथ्य को गहराई से समझना बहुत जरूरी है कि वे बेहतर वेतन एवं अधिलाभ (बोनस) से ही अपने कर्मचारियों का भरोसा व निष्ठा हासिल नहीं कर सकते। जब तक कर्मचारियों को यह एहसास नहीं होता है कि उनका नेतृत्वकर्ता जरूरत पड़ने पर अपने समय व ऊर्जा से उनकी मदद के लिए तैयार रहेगा, तब तक वे उस पर भरोसा नहीं करते।

भरोसे के लिए धैर्य धारण करें : हमारे आसपास का संसार

अधैर्य का जीवंत उदाहरण है। सभी को तत्काल संतुष्टि चाहिए। अधिकांश लोग स्वार्थी रसायन डोपामाइन के प्रभाव में दिखते हैं। आभासी संसार भी हमारी इस प्रवृत्ति को बढ़ावा दे रहा है। गूगल सर्च इंजन में हमें हमारी जिज्ञासाओं के तत्काल उत्तर देता है। ऑनलाइन खरीदारी की सुविधा से हम कम-से-कम समय में अपनी जरूरत के सामान मँगवा सकते हैं। हम कंप्यूटर व इंटरनेट की सुविधाओं से लैस स्मार्ट फोन पर तत्क्षण सूचनाओं का आदान-प्रदान कर सकते हैं। इस तरह, उसने हम अपनी जरूरत की हर चीज तत्काल हासिल करने के आदी हो रहे हैं। इसीलिए हम भरोसे का बंधन कायम करने के मामले में भी अधैर्य का प्रदर्शन करते हैं। हालाँकि, इसका कोई प्रमाणित सर्वेक्षण उपलब्ध नहीं है कि किसी पर भरोसा करने के लिए कितना समय लग सकता है; लेकिन अपने अनुभव के आधार पर मैं कह सकता हूँ कि इसमें सात दिन भी लग सकते हैं और सात साल भी। किसी के साथ आपका संबंध बहुत तेजी से गहरा हो सकता है, तो किसी के साथ काफी कोशिशों के बाद भी वैसा संबंध नहीं कायम हो सकता। सच्चाई यही है कि कोई भी बिल्कुल ठीक-ठीक यह नहीं जानता कि संबंध को मजबूत करने में कितना समय लगेगा; लेकिन एक बात सभी समझते हैं कि किसी का भरोसा जीतने के लिए धैर्य की जरूरत होती है।

□

6

असंतुलित युग में नेतृत्व के पाठ

प्रकृति ने मनुष्य जाति की रचना अपेक्षाकृत सीमित संसाधनों में जीवित रहने तथा अपनी संतति को आगे बढ़ाने के लिए की थी। यही कारण है कि संसाधनों की प्रचुरता मनुष्य के कार्य-व्यवहारों को प्रभावित करनेवाली शक्तियों के अंतर्निहित संतुलन बिगाड़ सकती है। करीब 50 हजार वर्षों के मानव जाति के इतिहास में से 40 हजार वर्षों तक हमारे पूर्वज मुख्य रूप से निर्वाह अर्थव्यवस्था (सब्सिस्टेंस इकोनॉमी) में रहते रहे थे। उनके पास शायद ही कभी जरूरत से अधिक भोजन-सामग्री भी रही हो। करीब 10 हजार वर्ष पहले मनुष्य ने खेतीबाड़ी शुरू की थी और वह किसान बना था। उससे पहले तो वह शिकारी और संग्रहकर्ता ही था।

किसान बनने के बाद ही मानव जाति ने अधिशेष अर्थव्यवस्था (सरप्लस इकोनॉमी) में प्रवेश किया था। जरूरत से अधिक संसाधन पैदा करने की क्षमता हासिल करने के बाद मनुष्य जाति को अपने समूह के आकार को बड़ा बनाने का मौका मिला था। अब उसने अपनी अधिशेष सामग्रियों की अदला-बदली यानी व्यापार करना शुरू किया था। इसके साथ ही मनुष्य में जरूरत से अधिक उपभोग करने और दूसरों से अधिक संग्रह करने की प्रवृत्ति भी विकसित हुई थी। इसी उपभोग-संस्कृति ने मनुष्य जाति में अपव्यय (वेस्टफुल एक्सपेंडिचर)

करने की आदत को बढ़ावा दिया था। और, अब मानव जाति सेनाओं, बुद्धिजीवियों व शासक वर्ग के अपेक्षाकृत भारी खर्चों को वहन करने में सक्षम हो गई थी।

इस अधिशेष अर्थव्यवस्था ने ही मानव जाति को प्रतिस्पर्धी समूहों, समाजों व देशों में बदलना शुरू किया था। शासक वर्गों ने सेनाओं व बुद्धिजीवियों की मदद से अधिशेष संसाधनों को बढ़ाने और अपने शासन-क्षेत्रों में विस्तार के लिए संघर्ष शुरू किया था। तभी से ये शासक वर्ग अपनी अपेक्षाओं को पूरा करने के लिए समाज को अपने हिसाब से बदलने की कोशिशें करते आ रहे हैं। स्पष्ट है कि अपने स्वार्थी उद्देश्यों की पूर्ति के लिए शासक वर्ग अपने अधिशेष संसाधनों का अपव्यय व दुरुपयोग भी करता रहा है। रोचक तथ्य यह है कि इन शासक वर्गों ने यह सब समाज व देश की उन्नति के नाम पर किया है। क्या यही कुछ आज भी नहीं हो रहा? अमेरिका ही नहीं, विश्व भर में शक्तिशाली कंपनियाँ अपने हितों की रक्षा एवं लाभ की संभावनाओं को बढ़ाने के लिए जन-प्रतिनिधियों को अपने पक्ष में लाने के लिए जी-तोड़ कोशिशें करती हैं। लेकिन, बेबी बूमर पीढ़ी का वर्चस्व कायम होने के बाद से अमेरिका सहित विश्व भर में अधिशेष अर्थव्यवस्था का संतुलन तेजी से बिगड़ता चला गया और हम विनाशकारी प्रचुरता (डिस्ट्रक्टिव अबेनडंस) के युग में तेजी से आगे बढ़ते जा रहे हैं।

अधिशेष अर्थव्यवस्था का वैश्विक असंतुलन

वामपंथी विशेषज्ञ समूह—इंस्टिट्यूट फॉर पॉलिसी रिसर्च/आई. पी.एस. (वाशिंगटन डी.सी.) के मुताबिक, वर्ष 2015 में विश्व के 71 प्रतिशत वयस्कों के पास औसतन 10 हजार डॉलर से भी कम धन, जो विश्व के कुल धन का सिर्फ 3 प्रतिशत है। इसके उलट, विश्व के 8.1 प्रतिशत सबसे धनवान् लोगों के पास औसतन 1 लाख डॉलर से अधिक की परिसंपत्तियाँ हैं और वे कुल वैश्विक धन के 84.6

प्रतिशत के स्वामी हैं। विश्व के सबसे अधिक 46 प्रतिशत धनवान् अमेरिका में हैं, जबकि 7 प्रतिशत यूनाइटेड किंगडम में, 6 प्रतिशत जापान में, 5 प्रतिशत फ्रांस एवं 5 प्रतिशत जर्मनी में। अन्य 8 सबसे बड़ी अर्थव्यवस्थाओं में सबसे अधिक धनवानों की कुल हिस्सेदारी 17 प्रतिशत (चीन 3 प्रतिशत, इटली 3 प्रतिशत, कनाडा 3 प्रतिशत, ऑस्ट्रेलिया 3 प्रतिशत, स्विट्जरलैंड 2 प्रतिशत, स्वीडन 2 प्रतिशत, ताइवान 1 प्रतिशत एवं स्पेन 1 प्रतिशत) है। शेष 12 प्रतिशत सबसे अधिक धनवान् विश्व के अन्य देशों में हैं।

लेकिन, सबसे चौंकानेवाला तथ्य यह है कि अमेरिका में 'आय' (इन्कम) 'संपत्ति' (वेल्थ) की असमानता खतरनाक स्तर पर पहुँच गई है। अमेरिकी अर्थशास्त्री एडवर्ड वोल्फ (न्यूयॉर्क विश्वविद्यालय) के अध्ययन के मुताबिक, वर्ष 2007 में शीर्ष 1 प्रतिशत अमेरिकियों के पास 35 प्रतिशत, अगले 4 प्रतिशत लोगों के पास 27 प्रतिशत, अगले 5 प्रतिशत लोगों के पास 11 प्रतिशत तथा अगले 10 प्रतिशत लोगों के पास 12 प्रतिशत संपत्ति थी। अर्थात् 20 प्रतिशत अमेरिकियों के पास देश की कुल 85 प्रतिशत संपत्ति थी। और, 80 प्रतिशत नागरिकों के पास अमेरिका की कुल संपत्ति का सिर्फ 15 प्रतिशत था। अमेरिका की 80 प्रतिशत जनसंख्या में संपत्ति की असमानता चौंकानेवाली थी। उनमें 20 प्रतिशत नागरिकों (उच्च-मध्यम वर्ग) के पास 11 प्रतिशत संपत्ति थी तो अगले 20 प्रतिशत नागरिकों (मध्यम वर्ग) के पास सिर्फ 4 प्रतिशत। सबसे चिंताजनक स्थिति 40 प्रतिशत अमेरिकियों (निम्न आय वर्ग) की है, जिनके पास देश की कुल संपत्ति का 1 प्रतिशत भी नहीं है। अमेरिकी समाचार-पत्र 'टैम्पा बे टाइम्स' (सेंट पीटर्सबर्ग, फ्लोरिडा) द्वारा संचालित परियोजना 'पोलिटिफैक्ट' के आकलन के मुताबिक वर्ष 2011 में 'फोर्ब्स' पत्रिका सूची के 400 सबसे धनी अमेरिकियों के पास सम्मिलित रूप से देश की 50 प्रतिशत से भी अधिक संपत्ति थी।

अमेरिकियों में 'आय की असमानता' और अधिक गंभीर है। जॉर्ज विलियम डॉमहोफ्फ (कैलिफोर्निया विश्वविद्यालय, सांता क्रूज में मनोविज्ञान व समाज-शास्त्र के अनुसंधान प्राध्यापक) के अध्ययन के मुताबिक, वर्ष 2011 में अमेरिका की 43 प्रतिशत आय 1 प्रतिशत लोगों के स्वामित्व में थी, जबकि 50 प्रतिशत आय 19 प्रतिशत नागरिकों के खाते में जा रही थी। अर्थात्, 20 प्रतिशत अमेरिकी देश की कुल आय के 93 प्रतिशत पर कब्जा जमाए बैठे थे और शेष 80 प्रतिशत अमेरिकियों की झोली में देश की आय का सिर्फ 7 प्रतिशत ही जा पा रहा था। अक्तूबर 2014 में एम्मानुएल साएज (प्राध्यापक—अर्थशास्त्र, कैलिफोर्निया विश्वविद्यालय, बर्कले) ने 'अमेरिका में वास्तविक आय वृद्धि' (सारणी देखें) ने अपने अध्ययन में चौंकानेवाला तथ्य प्रस्तुत किया था कि वर्ष 1993 से 2012 के बीच शीर्ष 1 प्रतिशत आय वर्ग के अमेरिकियों की आय में 86.1 प्रतिशत की वृद्धि हुई थी, जबकि शेष 99 प्रतिशत नागरिकों की आय में सिर्फ 6.6 प्रतिशत की। इस बीच अमेरिकियों की औसत आय वृद्धि 17.9 प्रतिशत ही रही। इस दौरान आई दो मंदियों का भी बहुत असर नहीं पड़ा और कुल वृद्धि में शीर्ष 1 प्रतिशत अमेरिकियों का संयोजित अंश 68 प्रतिशत रहा।

अमेरिका में वास्तविक आय वृद्धि (प्रतिशत में)				
अवधि	औसत आय वर्ग	शीर्ष 1 % आय वर्ग	निचला 99% आय वर्ग	शीर्ष 1% वर्ग को प्राप्त कुल वृद्धि (या हानि) के अंश
1993-2012 (पूरी अवधि)	17.9	86.1	6.6	68

1993–2000 (बिल क्लिंटन के शासनकाल में)	31.5	98.7	20.3	45
2000–2002 (डॉटकॉम बुलबुला फटने से आई मंदी)	−11.7	−30.8	-6.5	(57)
2002–2007 (जॉर्ज बुश के शासनकाल में)	16.1	61.8	6.8	65
2007–2009 (आवासीय बुलबुला फटने से आई महामंदी)	−17.4	−36.3	−11.6	(49)
2009–2012 (बराक ओबामा के शासनकाल में) आर्थिक सुधार	6.0	31.4	0.4	95

स्रोत : एम्मानुएल साएज (प्राध्यापक—अर्थशास्त्र, कैलिफोर्निया विश्वविद्यालय, बर्कले), अक्तूबर 2014।

अमेरिका के राजनीतिक टीकाकार, अर्थशास्त्री व गोल्डमैन स्कूल ऑफ पब्लिक पॉलिसी (यूनिवर्सिटी ऑफ कैलिफोर्निया, बर्केले) में सार्वजनिक नीति के कुलाधिपति प्राध्यापक (चांसलर प्रोफेसर) रॉबर्ट बर्नार्ड रेक ने अपनी पुस्तक 'सेविंग कैपिटलिज्म : फॉर द मेनी, नॉट द फ्यू' (फरवरी 2016) में अधिशेष अर्थव्यवस्था, आधुनिक युग में जिसका नेतृत्व अमेरिकी पूँजीवाद ने किया, द्वारा पैदा की गई आर्थिक

असंतुलन की स्थिति पर गंभीर चिंता व्यक्त की है और 'पूँजीवाद' को कुछ लोगों की मुट्ठी से निकालने की अनिवार्यता को रेखांकित किया है। रॉबर्ट रेक ने लिखा है कि बौद्धिक संपदा अधिकार (पेटेंट, ट्रेडमार्क व कॉपीराइट) को लगातार बढ़ाने व विस्तारित किए जाने के कारण दवा कंपनियों की आय में अप्रत्याशित वृद्धि हुई है और अब अमेरिकियों को किसी भी उन्नत राष्ट्र की तुलना में दवाओं के सबसे अधिक मूल्यों का भुगतान करना पड़ रहा है।

इसी प्रकार, प्रभावी बाजार शक्तिवाले निगमों (बड़ी खाद्य कंपनियों, बहुत कम या नगण्य प्रतिस्पर्धा का सामना करनेवाली ब्रॉडबैंड केबल कंपनियों, बड़ी विमानन कंपनियों, वॉल स्ट्रीट से विशालतम निवेश बैंक आदि) के एकाधिकारवादी व्यापार कार्य-व्यवहार के खिलाफ अविश्वास कानून (एंटीट्रस्ट लॉ) में ढील दिए जाने के कारण अमेरिकी नागरिकों को अन्य उन्नत राष्ट्रों के नागरिकों की तुलना में ब्रॉडबैंड इंटरनेट, खाद्य, विमान टिकट व बैंक सेवाओं की अधिक कीमतें अदा करनी पड़ रही हैं। रॉबर्ट रेक ने आगे लिखा है कि बड़े निगमों (विमानन कंपनियों, मोटर वाहन विनिर्माताओं और यहाँ तक कि डोनाल्ड ट्रंप द्वारा संचालित जुआघर भी) के लिए दिवालिया कानून (बैंकरप्सी लॉ) में ढील देकर उन्हें श्रमिकों व आम जन-समुदायों को असहाय छोड़ देने की अनुमति दे दी गई है। लेकिन, बंधक ऋण (मॉर्गेज लोन) के बोझ से दबे गृह-स्वामियों या शिक्षा ऋण (एजुकेशन लोन) से लदे स्नातकों के लिए न तो दिवालिया कानून को बढ़ाया गया है और न ही उनके कर्ज को ही माफ किया गया है।

वर्ष 2008 में सबसे बड़े बैंकों व मोटर वाहन निर्माताओं को सरकारी जमानत पर छुड़ाकर, आर्थिक असफलताओं के जोखिम के भारी बोझ को औसत कामकाजी लोगों व करदाताओं की पीठ पर लाद दिया गया। रॉबर्ट रेक ने आगे लिखा है कि बचाव निधियों (हेज फंड)

एवं निजी औचित्य निधियों (प्राइवेट इक्विटी फंड) के भागीदारों के लिए कर कानून में बचाव के विशेष रास्ते छोड़े गए हैं, तेल व गैस उद्योग पर विशेष कृपा की गई है, उच्चतम आय वर्ग के लोगों के लिए अपेक्षाकृत कम आयकर दरें निर्धारित की गई हैं और विशाल परिसंपत्तियों पर संपत्ति कर (एस्टेट टैक्स) कम कर दिया गया है। प्रशांत पार साझेदारी (ट्रांस पैसिफिक पार्टनरशिप/टी.पी.पी.) जैसे तथाकथित 'मुक्त व्यापार' समझौतों में बौद्धिक संपदाओं व वित्तीय परिसंपत्तियों को अधिक मजबूत सुरक्षा प्रदान की गई थी, लेकिन औसत कामकाजी अमेरिकियों के श्रम को कम सुरक्षा। (सात वर्षों की समझौता वार्त्ताओं के बाद टी.पी.पी. के अंतिम प्रस्तावों पर ऑकलैंड, न्यूजीलैंड में 4 फरवरी, 2016 को हस्ताक्षर किए गए थे।)

रॉबर्ट रेक ने आगे लिखा है कि आज हरेक तीन कामकाजी अमेरिकियों में से एक अंशकालीन नौकरी (पार्टटाइम जॉब) करता है और दो-तिहाई लोग वेतन पर ही गुजारा करते हैं। और, रोजगार के लाभ बिल्कुल सूख गए हैं। वैसे तो, सन् 1979 में ही नौकरी से जुड़ी अनुवृत्ति योजनाओं (पेंशन स्कीम) से सुरक्षित श्रमिकों की संख्या 50 प्रतिशत से नीचे आ गई थी, लेकिन अब वह 35 प्रतिशत से भी नीचे जा चुकी है। श्रमिक संगठनों की अँतड़ियाँ निकाली जा चुकी हैं। 50 वर्ष पहले जनरल मोटर्स अमेरिका का सबसे बड़ा नियोक्ता था और मजबूत श्रमिक संगठन के समर्थन से उसके श्रमिकों को प्रति घंटे 35 डॉलर (आज के मुद्रास्फीति समायोजित डॉलर मूल्य पर) की कमाई होती थी; लेकिन श्रमिक संगठन के अभाव में अब अमेरिका के सबसे बड़े नियोक्ता वॉल-मार्ट के प्रवेश स्तर के कामगारों को प्रति घंटे 9 डॉलर की कमाई होती है। अधिकांश अमेरिकी राज्यों ने श्रमिक संगठनों को तोड़ने के लिए बनाए गए 'काम के अधिकार' (राइट टू वर्क) कानून को अपना लिया है। लेकिन जरूरत से काफी कम कर्मचारियों वाला और काम के

बोझ से दबा राष्ट्रीय श्रम संबंध मंडल (नेशनल लेबर रिलेशन्स बोर्ड) मुश्किल से सामूहिक सौदेबाजी को लागू कर पाता है।

रॉबर्ट रेक का निष्कर्ष है कि इन बदलावों के कारण ही निगमों के लाभ (कॉरपोरेट प्रॉफिट), अंशधारियों की आय (शेयरहोल्डर्स इन्कम) और निगमों व वॉल स्ट्रीट के शीर्ष कार्यकारियों के वेतन में लगातार बढ़त हुई है। इसके उलट, लेकिन अधिकांश अन्य अमेरिकी नागरिकों के वेतन में कमी आई है; जबकि उन्हें लगभग हर जरूरी वस्तुओं के लिए भी ज्यादा कीमतें अदा करनी पड़ रही हैं। इस तरह, मूल समस्या सिर्फ भूमंडलीकरण व प्रौद्योगिकीय परिवर्तन नहीं है, जिसने ज्यादातर अमेरिकी श्रमिकों को कम प्रतिस्पर्धी बना दिया है। समस्या यह भी नहीं है कि अमेरिकी श्रमिकों में पर्याप्त रूप से उत्पादक होने के लिए पर्याप्त शिक्षा की कमी है। अधिक बुनियादी समस्या यह है कि बाजार ही धनी के हितों की दिशा में अधिक झुक गया है; क्योंकि धनियों ने बाजार पर असंगत रूप से अधिक प्रभाव बना लिया था। इसके विपरीत, औसत कामकाजी नागरिकों ने अर्थव्यवस्था की मजबूती के बड़े हिस्से को प्राप्त करने की अपनी सौदेबाजी शक्तियाँ—आर्थिक व राजनीतिक दोनों—तेजी से खो दी हैं, जैसा कि वे द्वितीय विश्व युद्ध के बाद के पहले तीन दशकों में नियंत्रित करते थे।

रॉबर्ट रेक का मानना है कि असमानता की लगातार बढ़ती जा रही समस्या का हल अर्थशास्त्र में नहीं, बल्कि राजनीति में निहित है। जब तक विशाल बहुमत मौलिक परिवर्तन की माँग को आगे बढ़ाने के लिए सामने नहीं आता है, तब तक अमेरिका सहित विश्व भर में लगातार चौड़ी होती जा रही अस्मानता की खाई के रुझान को पलटना संभव नहीं होगा। इसीलिए, अगले दशकों में अमेरिका में सबसे महत्त्वपूर्ण राजनीतिक प्रतिस्पर्धा वामपंथ व दक्षिण पंथ या डेमोक्रेट व रिपब्लिकन के बीच नहीं होगी। यह प्रतिस्पर्धा अपने मौलिक अधिकारों की जमीन

खोते जा रहे अमेरिकी बहुमत और आर्थिक असमानता के भयानक संकट को पहचानने या इस पर प्रतिक्रिया करने से भी मना करनेवाले अल्पसंख्यक आर्थिक कुलीन (इकोनॉमिक इलीट) के बीच होगी।

वैसे तो, नवनिर्वाचित अमेरिकी राष्ट्रपति डोनाल्ड ट्रंप भी व्यक्तिगत रूप से आर्थिक कुलीन समुदाय का ही हिस्सा हैं, लेकिन उनके चुनावी मुद्दे असमानता के प्रति आक्रामक रूप लेती अमेरिकी बहुमत की भावना को ही सहलानेवाले थे। इस तरह यह कहा जा सकता है कि अमेरिका की बेबी बूमर पीढ़ी का व्यक्तिवादी घोर पूँजीवाद (क्रोनी कैपिटलिज्म) अपने उच्चतम शिखर पर पहुँचने के बाद ढलान की ओर बढ़ता जा रहा है; लेकिन विश्व अर्थव्यवस्था को संतुलन में आने में काफी समय लग सकता है।

वर्ष 1991 में विश्व मुद्रा कोष (आई.एम.एफ.) निर्देशित पूँजीवादी उदारवाद को अपनाने के बाद भारतीय अर्थव्यवस्था भी असमानता के चरम पर पहुँच चुकी है। क्रेडिट सुइस रिसर्च इंस्टीट्यूट द्वारा नवंबर 2016 में जारी 'ग्लोबल वेल्थ डाटाबुक 2016' के अनुसार, भारत की शीर्ष 1 प्रतिशत आबादी के पास देश की 58.4 प्रतिशत परिसंपत्तियाँ थीं। इतना ही नहीं, भारत की शीर्ष 10 प्रतिशत आबादी के पास देश की कुल 80.7 प्रतिशत संपत्ति थी। भारत से सबसे अधिक धनी व्यक्तियों की कुल संपत्ति में तेजी से विस्तार हो रहा था। यह हिस्सेदारी वर्ष 2014 में 49 प्रतिशत थी, जो 2015 में बढ़कर 53 प्रतिशत हो गई थी। इस तरह, सिर्फ तीन वर्षों में सबसे अधिक धनी व्यक्तियों की संपत्ति हिस्सेदारी में 9.4 प्रतिशत की वृद्धि हुई थी। उक्त प्रतिवेदन के अनुसार, धन की असमानता के मामले में भारत सिर्फ रूस (1 प्रतिशत लोगों के पास 74.5 प्रतिशत संपत्ति) से पीछे था। अन्य ब्रिक्स देशों के 1 प्रतिशत लोगों के पास 43.8 प्रतिशत (चीन), 47.9 प्रतिशत (ब्राजील) एवं 41.9 प्रतिशत (दक्षिण अफ्रीका) संपत्तियाँ थीं।

जैसी कार्य-संस्कृति, वैसी कंपनी व कर्मचारी

1970 के दशक में अमेरिकी बहुराष्ट्रीय वित्त कंपनी 'गोल्डमैन सैश ग्रुप' को भद्र जनों का संगठन (जेंटलमैन ऑर्गेनाइजेशन) माना जाता था। अर्थात् ऐसी कंपनी, जो साझेदारी में भरोसा रखती थी और वही काम करती थी, जो ग्राहकों के हित में हो। तब उसके निवेश साहूकार (इन्वेस्टमेंट बैंकर) कार्यकारियों के समूह को 'बिलियनरी ब्वॉय स्काउट्स' यानी 'अरबपतियों की फौज' समझा जाता था, जो हमेशा अपने ग्राहकों के धन को बढ़ाने की कोशिशें करते थे और दीर्घकालीन हितों के लिए तात्कालिक लाभ का लालच करने से बचते थे। यही कारण था कि अपनी अटूट साख के दम पर गोल्डमैन सैश अलगे करीब तीन दशकों तक वित्त बाजार की गलाकाट प्रतिस्पर्धाओं को मात देती हुई आगे बढ़ती रही थी। लेकिन, गोल्डमैन सैश से होड़ लगानेवाली कई वित्तीय कंपनियाँ तात्कालिक लाभ के लालच में अपने अस्तित्व को बचाने का संघर्ष करती रही थीं या फिर असफल होकर बाजार से बाहर हो गई थीं।

लेकिन, साझीदारों के बीच वर्षों की बहस के बाद 1999 में गोल्डमैन सैश ग्रुप ने प्रारंभिक सार्वजनिक प्रस्ताव (इनीशियल पब्लिक ऑफर/आई.पी.ओ.) लाने का फैसला किया था। कंपनी ने अपनी साझेदारी कार्य-संस्कृति को कायम रखने के लिए करीब 88 प्रतिशत हिस्सेदारी अपने ही पास रखी थी, और सिर्फ 12 प्रतिशत हिस्सा ही सार्वजनिक किया था। लेकिन, उसके बाद 'गोल्डमैन सैश ग्रुप' का आधारभूत व्यापार-व्यवहार बदलना शुरू हो गया था। यह वह समय था, जब अमेरिकी अर्थव्यवस्था में बेबी बूमर पीढ़ी का प्रभाव बढ़ने लगा था। अब पारंपरिक नैतिकतावादी व्यापार-व्यवहारों को 'अव्यावहारिक' व 'तेज प्रगति की रुकावट' बताकर हाशिए पर डाला जाने लगा था। पूँजी बाजार के नियमों में बदलाव के कारण अधिकांश

वित्तीय प्रतिष्ठान तेजी से विस्तार करने लगे थे और लंबी हिचकिचाहट के बाद गोल्डमैन सैश ग्रुप ने भी खुद को इसी विस्तारवादी होड़ में शामिल कर लिया था। अब, संगठन में दीर्घकालीन लाभ के फैसले करने में निवेश साहूकार अल्पसंख्यक होने लगे थे और तात्कालिक लाभ की चाहत रखनेवाले 'व्यापारी दलालों' (ट्रेडर ब्रोकर्स) का वर्चस्व कायम होने लगा था।

मूल कार्य-संस्कृति में बदलाव का नतीजा यह हुआ था कि दिसंबर 2007 से लेकर जून 2009 तक जारी उप-मुख्य बंधक संकट (सब-प्राइम मॉर्गेज क्राइसिस) के दौरान गोल्डमैन सैश की दशकों पुरानी साख एक झटके में चकनाचूर हो गई थी। दिसंबर 2007 में 'आवासीय बुलबुला' फटना शुरू होने से कई माह पहले ही गोल्डमैन सैश ग्रुप के दो व्यापारियों—माइकल स्वेनसन एवं जोश बिरनबॉन ने बाजार के पतन पर 'सट्टेबाजी' कर उप-मुख्य बंधक समर्थित प्रतिभूतियों (सिक्योरिटीज) की मुनाफा-वसूली (शॉर्ट सेलिंग) शुरू कर दी थी। बाद में पता चला था कि इसके माध्यम से गोल्डमैन सैश 4 अरब डॉलर के लाभ की बढ़त हुई थी।

इतना ही नहीं, जब वर्ष 2008 में अमेरिका की केंद्रीय बैंकिंग प्रणाली 'फेडरल रिजर्व सिस्टम' ने बाजारों को स्थिर करने में मदद करने के लिए 'आपातकालीन नकदी कार्यक्रम' के तहत अल्पकालिक ऋण व तरलता सुविधाओं की शुरुआत की थी तो उसका भी सबसे अधिक लाभ गोल्डमैन सैश ग्रुप ने ही उठाया था। फेडरल रिजर्व द्वारा स्थापित 'प्राथमिक व्यापारी उधार सुविधा' (प्राइमरी डीलर क्रेडिट फैसिलिटी/ पी.डी.सी.एफ.) ने 18 मार्च, 2008 से 22 अप्रैल, 2009 के बीच गोल्डमैन सैश ग्रुप को कुल 589 अरब डॉलर के ऋण जारी किए थे। इसी तरह, फेडरल रिजर्व द्वारा 28 दिनों के लिए स्थापित 'अवधि प्रतिभूतियों ऋण सुविधा/ (टर्म सिक्योरिटीज लैंडिंग

फैसिलिटी/ टी.एस.एल.एफ.) ने गोल्डमैन सैश ग्रुप ने कुल 193 अरब डॉलर के ऋण जारी किए थे। इस तरह, गोल्डमैन सैश ग्रुप ने कुल 78 2 अरब डॉलर की ऋण सुविधाएँ हासिल की थीं और निर्धारित समय पर उन सभी ऋणों को चुकता भी कर दिया था।

लेकिन, चौंकानेवाला तथ्य यह था कि इस भीषण आर्थिक संकट की स्थिति में गोल्डमैन सैश ग्रुप ने दिसंबर 2008 में अपने कर्मचारियों को पिछले साल के मुकाबले काफी अधिक 10.9 अरब डॉलर वेतन व अधिशेष का भुगतान किया था, लेकिन 2.3 अरब डॉलर का लाभ कमाने के बावजूद करों के मद में पिछले वर्ष के 6 अरब डॉलर के मुकाबले सिर्फ 1.40 करोड़ डॉलर अदा किए थे। क्योंकि, कंपनी ने प्रभावी कर दर को वर्ष 2007 के 34.1 प्रतिशत से घटाकर 1 प्रतिशत कर लिया था। और, कंपनी ने ऐसा अपनी कमाई को कम या शून्य कर वाले विभिन्न देशों की 28 सहायक कंपनियों के माध्यम से दिखाकर किया था। इनमें से 15 सहायक कंपनियाँ पश्चिमी कैरेबियन सागर में ब्रिटिश समुद्र पार क्षेत्र 'केयमैन आइलैंड' में स्थापित थीं। नतीजा यह हुआ था कि प्रतिभूति व विनिमय आयोग (सिक्योरिटीज एंड एक्सचेंज कमीशन/एस.ई.सी.) ने बंधक समर्थित प्रतिभूतियों के कारोबार में हेरा-फेरी के मामले में गोल्डमैन सैश ग्रुप पर मुकदमा दायर किया था। जून 2010 में इस मामले को निपटाने के लिए कंपनी 55 करोड़ डॉलर का आर्थिक दंड का भुगतान करने पर सहमत हो गई थी।

19वीं सदी के महान् जर्मन लेखक व राजनेता जोहान वोल्फगैंग (वॉन) गेटे का प्रसिद्ध कथन है, ''आप आसानी से किसी आदमी के चरित्र का अनुमान लगा सकते हैं कि वह उनके साथ कैसे व्यवहार करता है, जो उसके लिए कुछ नहीं कर सकते।'' इस तरह, यदि चरित्र किसी व्यक्ति विशेष की सोच व कार्य का वर्णन करता है तो किसी संगठन की कार्य-संस्कृति उसमें कार्यरत लोगों के समूह के चरित्र और

उसकी सामूहिक सोच व कार्य का वर्णन करता है। स्पष्ट है कि वर्ष 2000 के दशक में गोल्डमैन सैश ग्रुप की कार्य-संस्कृति में तेजी से बदलाव आया था। उसके लोग तात्कालिक लाभ के लिए अनैतिक कार्य करने पर भी उतारू हो गए थे और सन् 1867 में स्थापित कंपनी की करीब डेढ़ शताब्दी पुरानी साख दाँव पर लगा दी गई थी।

इसी दौरान 26 से 29 नवंबर, 2008 तक भारत की आर्थिक राजधानी मुंबई के विभिन्न स्थानों पर आतंकवादियों का हमला हुआ था, जिसमें 160 लोगों की मौत हो गई थी। लेकिन, उन सभी दुर्घटना स्थलों में सबसे असाधारण कहानी ताज महल पैलेस होटल की है, जिसके कर्मचारियों ने अपनी जान पर खेलकर अपने अतिथियों को बचाया था। चौंकिए मत! इस आतंकवादी कार्रवाई के दौरान होटल में जिन 31 लोगों की मौत हुई थी, उनमें से करीब आधे वहाँ के कर्मचारी थे, जो अतिथियों को बचाने की कोशिश में आतंकवादियों के निशाने पर आ गए थे। हार्वर्ड बिजनेस स्कूल में विपणन (मार्केटिंग) के प्राध्यापक रोहित देशपांडे ने ताज की इस घटना शृंखला पर शोध किया था। ताज का शीर्ष प्रबंधन अपने कर्मचारियों की बहादुरी के कारणों की कोई स्पष्ट व सटीक व्याख्या नहीं कर सका था। लेकिन जब देशपांडे ने ताज समूह की मूल्य-संचालित भरती प्रणाली (वैल्यू ड्रिवेन रिक्रूटमेंट सिस्टम), ग्राहक-केंद्रित प्रशिक्षण प्रणाली (कस्टमर सेंट्रिक ट्रेनिंग सिस्टम) और कर्मचारी मान्यता व पुरस्कार प्रणाली (एंप्लॉई रिकग्निशन एंड रिवॉर्ड सिस्टम) का अध्ययन शुरू किया था तो सभी कारण स्पष्ट होते चले गए थे। ताज यूँ ही दुनिया की सर्वश्रेष्ठ होटल शृंखलाओं में नहीं गिना जाता है! इसके पीछे मूल्य-आधारित कार्य-संस्कृति का लंबा इतिहास है, जो ग्राहक सेवा को केंद्र में रखते हुए अपने कर्मचारियों को मजबूत 'सुरक्षा-चक्र' भी प्रदान करता है।

जैसे नेतृत्वकर्ता, वैसी ही कार्य-संस्कृतियाँ

सन् 1968 में अरब सोशलिस्ट बाथ पार्टी के सत्ता में आने के बाद क्रांतिकारी कमान परिषद् (रिवोल्यूशनरी कमांड काउंसिल) के उपाध्यक्ष के रूप में, सद्दाम हुसैन ने विभिन्न प्रकार के गहरे आंतरिक तनावों से छलनी राष्ट्र को स्थिरता प्रदान करने की दिशा में अपना ध्यान केंद्रित कर स्वयं को प्रगतिशील व प्रभावी राजनीतिक के रूप में प्रतिष्ठित किया था। लंबे समय से इराक को सामाजिक, जातीय, धार्मिक व आर्थिक आधारों पर विभाजित किया जाता रहा था। शिया बनाम सुन्नी, अरब बनाम कुर्द, आदिवासी मुखिया बनाम शहरी व्यापारी, घुमंतू बनाम किसान आदि गुटबाजियों में फँसे देश में स्थिर शासन स्थापित करने की मंशा ने सद्दाम को दोहरी रणनीति अपनाने के लिए प्रेरित किया था। उसने एक तरफ बड़े पैमाने पर दमन चक्र चलाया था तो दूसरी तरफ जीवन-स्तर में सुधार के कार्यक्रम लागू किए थे।

सद्दाम की इस रणनीति के केंद्र में इराक का तेल भंडार था, जिस पर अमेरिका सहित अंतरराष्ट्रीय कंपनियों का दबदबा कायम था। 1 जून, 1972 को जब इराक सरकार ने अंतरराष्ट्रीय तेल हितों को जब्त किया था तो उस अभियान का नेतृत्व भी सद्दाम ने ही किया था। एक साल बाद, सन् 1973 के ऊर्जा संकट के कारण विश्व में तेल की कीमतों में नाटकीय रूप से वृद्धि हुई थी, इराक का तेल राजस्व आसमान छूने लगा था। इसने सद्दाम हुसैन को अपनी कार्य-सूची का विस्तार करने का मौका दिया था और वह सन् 1979 में इराक का राष्ट्रपति बनने में सफल हो गया था। अपने सहयोगियों का भरोसा जीतने के लिए सद्दाम ने उनपर धन व पदों की बौछार कर दी थी। वह हमेशा यही दावा करता रहा था कि वह आम लोगों के साथ था, लेकिन वह सबकुछ अपने गौरव, प्रसिद्धि, शक्ति व सौभाग्य को बढ़ाने

के लिए ही करता रहा था। लेकिन, जब सन् 2003 उसकी तानाशाही का अंत हुआ था तो इराकी राजनीतिक-आर्थिक व्यवस्था की जड़ें हिल गई थीं। अमेरिकी सेना के साए में वर्ष 2005 में बहुदलीय संसदीय चुनाव भी हुए। लेकिन वर्ष 2011 में अमेरिकी उपस्थिति समाप्त होने के बाद भी इराक में विद्रोह की स्थिति बनी रही, जो सीरिया गृह-युद्ध के सेनानियों के देश में फैल जाने के कारण और भी तेज हो गई।

इस तरह, जैसे इराक में 'जैसा नेतृत्वकर्ता, वैसी कार्य-संस्कृति' का सिद्धांत सच साबित हुआ, वैसा ही एक उदाहरण आधुनिक निगम में भी सच हुआ था। और इसका नेतृत्व मेरिल लिंच के मुख्य कार्यकारी अधिकारी (सी.ई.ओ.) अर्नेस्ट स्टेनली ओंनील ने किया था, जिसे 'अमेरिका का सबसे शक्तिशाली अश्वेत कार्यकारी' होने का गौरव हासिल था।

रोचक तथ्य यह है कि जब अमेरिका में बेबी बूम पीढ़ी का जन्म हो रहा था, तभी 5 अक्तूबर, 1951 को वेडोवी (अलबामा) के गरीब किसान परिवार में स्टेनली ओंनील का जन्म हुआ था। करीब 750 लोगों की आबादीवाले वेडोवी एकमात्र अस्पताल ने अफ्रीकी अमेरिकी होने के कारण ओंनील की माता को प्रसव के लिए भरती नहीं किया था, इसलिए उसका जन्म पास के रोआनोके में हुआ था। एक कमरेवाले स्थनीय विद्यालय में पढ़ने के अलावा अपने दास दादा के खेतों में कपास व मक्का चुनते हुए और अखबार बेचते हुए ओंनील का बचपन गुजरा था। सन् 1963 में जब ओंनील के पिता को जनरल मोटर्स के डोराविल (जॉर्जिया) स्थित संयोजन संयंत्र (असेंबली प्लांट) में काम मिला था तो उसके परिवार के सौभाग्य में सुधार आया था। उसका परिवार अटलांटा (जॉर्जिया) के पास सरकारी आवासीय परियोजना में स्थानांतरित हुआ था। ओंनील को वहाँ के नव-एकीकृत उच्च विद्यालय में पढ़ने का मौका मिला था और वह

वहाँ के सबसे प्रतिभाशाली छात्रों में गिना जाने लगा था।

उच्च विद्यालय की शिक्षा पूरी होने के बाद जनरल मोटर्स इंस्टिट्यूट (1998 से कैटरिंग विश्वविद्यालय) ने युवा ओ'नील को डोराविल संयोजन संयंत्र में काम करने के साथ-साथ अभियांत्रिकी एवं औद्योगिक प्रशासन (इंजीनियरिंग एंड इंडस्ट्रियल एडमिनिस्ट्रेशन) की पढ़ाई करने का भी मौका दे दिया था। सन् 1974 में ओ'नील ने अपने वर्ग के शीर्ष 20 प्रतिशत छात्रों में स्थान हासिल कर स्नातक की उपाधि हासिल की थी और जनरल मोटर्स की छात्रवृत्ति पर हार्वर्ड बिजनेस स्कूल में एम.बी.ए. के पाठ्यक्रम में दाखिल हुआ था। 1978 में जब ओ'नील एम.बी.ए. की उपाधि लेकर बोस्टन से बाहर आया था तो जनरल मोटर्स के न्यूयॉर्क सिटी स्थित कार्यालय में कोष विश्लेषक (ट्रेजरी एनालिस्ट) का पद उसका इंतजार कर रहा था। दो वर्षों के अंदर ही ओ'नील कोष कार्यालय का निदेशक पदोन्नत हो गया था। इसी दौरान सन् 1983 में, उसने अर्थशास्त्री नैन्सी गर्वे से शादी की थी

लेकिन ओ'नील की महत्त्वाकांक्षा बड़ी थी, जो जनरल मोटर्स में पूरा हो पाना संभव नहीं दिखाई पड़ रहा था। इसलिए, नौ वर्षों की लंबी सेवा के बाद शेयर दलाली कारोबार में कोई रुचि व अनुभव नहीं होने के बावजूद ओ'नील ने विश्व के सबसे बड़े पूँजी बाजार वॉल स्ट्रीट (न्यूयार्क) में स्थानांतरित होने का फैसला किया था। और, सन् 1996 में स्टेनली ओ' नील ने दिग्गज वित्तीय कंपनी मेरिल लिंच एंड कंपनी के निगमित वित्त-पोषण प्रभाग (कॉरपोरेट फाइनेंस डिवीजन) में शामिल हो गया था। जल्द ही उसे जंक बांड विभाग का प्रमुख बना दिया गया था। (उच्च उत्पादक व उच्च जोखिम प्रतिभूति को 'जंक बांड' कहते हैं, जो आमतौर पर किसी कंपनी द्वारा अधिग्रहण के वित्त-पोषण के लिए जल्दी में पूँजी जुटाने की माँग के लिए जारी किया जाता है।) रोचक तथ्य यह है कि फरवरी 1990 में जंक बांड विभाग

के तत्कालीन प्रमुख माइकल रॉबर्ट मिलकेन के धोखाधड़ी में फँसने के बाद वॉल स्ट्रीट की दिग्गज निवेश साहूकारी प्रतिष्ठान 'ड्रेक्सेल बर्नहैम लैंबर्ट' दिवालिया हो गई थी और यह कारोबार काफी बदनाम था। लेकिन, ओ'नील के नेतृत्व में जल्द ही मेरिल लिंच वॉल स्ट्रीट की सबसे बड़ी जंक बांड संचालक बन गई थी। जल्द ही, ओ'नील मेरिल लिंच के विशाल दलाली प्रभाग का प्रमुख बन गया था और सन् 1998 में उसे कंपनी का मुख्य वित्तीय अधिकारी (चीफ फाइनेंशियल ऑफिसर/सी.एफ.ओ.) पदोन्नत कर दिया गया था।

इससे पहले मुट्ठी भर अफ्रीकी अमेरिकियों को प्रतिष्ठित बैंक उद्योग में ऊँची सीढ़ियाँ चढ़ने का मौका मिला था; लेकिन शुरुआती सफलताओं ने स्टेनली ओ'नील की महत्त्वाकांक्षा को सातवें आसमान पर पहुँचा दिया था। अब यह लगभग निश्चित हो गया था कि वह आधुनिक समय का सबसे बड़े वित्तीय पेशेवर बनने वाला था। और, यह सब हासिल करने के लिए उसने कोई भी अनैतिक व क्रूर तरीके अपनाने के लिए भी खुद को मानसिक रूप से तैयार कर लिया था। यह वह समय था, जब डॉटकॉम बुलबुला (वर्ष 1995 से 2001) पहले ही फट चुका था और वॉल स्ट्रीट गंभीर संकट की ओर बढ़ रहा था। ऐसे में, ओ'नील को अपनी निष्ठुर प्रबंधक की छवि को और अधिक ठोस बनाने और अपने तत्कालीन मुख्य कार्यकारी अधिकारी (सी.ई.ओ.) डेविड कोमांसकी को प्रभावित करने का मौका मिला था। उसने कंपनी को तात्कालिक आर्थिक संकट से बचाने के लिए नैतिक मूल्यों को हाशिए पर डाल कर 19 शीर्ष कार्यकारियों सहित 24 हजार कर्मचारियों, कुल कार्यबल की करीब एक-तिहाई, की छँटनी कर दी थी और कर्मचारियों की अन्य सुविधाओं व भत्तों को खत्म करने का दुःसाहस दिखाया था। इस तरह, ओ'नील कई अन्य दावेदारों को पीछे धकेलता हुआ वर्ष 2000 में निजी ग्राहक समूह (प्राइवेट क्लाइंट ग्रुप)

का अध्यक्ष और वर्ष 2001 में पूरे समूह का अध्यक्ष (प्रेसिडेंट) तथा मुख्य परिचालन अधिकारी (चीफ ऑपरेटिंग ऑफिसर/ सी.ओ.ओ.) बन गया था।

अब तक ओ'नील खूँखार योद्धा बन चुका था और उसे मुख्य कार्यकारी अधिकारी (सी.ई.ओ.) का शीर्ष पद बहुत नजदीक नजर आने लगा था। लेकिन, मेरिल लिंच की कर्मचारी-केंद्रित कार्य-संस्कृति, जिसे 'मदर मेरिल' का मान हासिल था, उसके रास्ते की सबसे बड़ी बाधा लग रही थी। सन् 1914 में स्थापित मेरिल लिंच को काम करने के सबसे अच्छे कार्य-स्थलों में गिना जाता था, क्योंकि उसके संस्थापकों एवं बाद के नेतृत्वकर्ताओं ने कर्मचारियों के लिए मजबूत 'सुरक्षा चक्र' का निर्माण कर नैतिक मूल्यों पर आधारित मानवीय कार्य-संस्कृति विकसित की थी। लेकिन, ओ'नील को मौजूदा कार्य-संस्कृति बहुत नरम व लक्ष्य-विहीन नजर आती थी, जबकि वह बाजार की गला-काट प्रतिस्पर्धा की तरह ही कंपनी के आंतरिक वातावरण में भी सघन प्रतिस्पर्धी बनाने का पक्षधर था—और उसने ऐसा ही किया भी था। नतीजा यह हुआ था कि मेरिल लिंच के कर्मचारी भी व्यक्तिगत उपलब्धियों को हासिल करने के लिए अपने दूसरे सहकर्मियों के साथ जबरदस्त प्रतिस्पर्धा करने लगे थे, कार्यालयों में एक-दूसरे की टाँग खींचनेवाली प्रवृत्ति बढ़ने लगी और कंपनी की करीब नौ दशक पुरानी सामूहिक कार्यभावना नींव हिलने लगी थी।

और, अपने प्रतिद्वंद्वियों को हाशिए पर धकेलने के बाद वर्ष 2002 में स्टेनली ओ'नील ने ऐसी शतरंज बिछा दी थी कि मेरिल लिंच के निदेशक मंडल ने तत्कालीन डेविड कोमांसकी को समय से पहले ही सेवानिवृत्त हो जाने को मजबूर कर दिया था और उसकी जगह ओ'नील को सभापति (चेयरमैन) व मुख्य कार्यकारी अधिकारी (सी.ई.ओ.) नियुक्त कर दिया था। याद रहे कि कर्मचारियों के बीच लोकप्रिय व

मिलनसार डेविड कोमांसकी ने जब ओ'नील को आगे बढ़ाया था तो उसने नहीं सोचा था कि एक दिन वही उसके बाहर जाने का कारण बनेगा। लेकिन, ओ'नील अपनी रणनीति में पूर्णरूपेण सफल हो चुका था। उसकी अंतिम बाधा भी खत्म हो चुकी थी और उसने अपने पेशेवर जीवन की सर्वोच्च महत्त्वाकांक्षा को पूरा करने की दिशा में तेजी से कदम बढ़ा दिया था। वह वित्तीय उद्योग जगत् में महान् योद्धा की तरह उभरकर सामने आया था और वर्ष 2000 में 'फॉर्च्यून' पत्रिका ने उसे 'अमेरिका में सबसे शक्तिशाली अश्वेत कार्यकारी' घोषित कर दिया था।

लेकिन, मेरिल लिंच के कर्मचारियों के बीच ओ'नील की छवि तानाशाहों जैसी ही थी। स्वाभाविक रूप से मनुष्य सिर्फ प्रेरणादायक व सुरक्षा-चक्र प्रदान करनेवाले व्यक्ति को ही सच्चा नेतृत्वकर्ता मानते हैं और उसकी सफलता व प्रतिष्ठा को बढ़ाने का काम करते हैं। इसके उलट जो नेतृत्वकर्ता तानाशाहों की तरह लोगों को अपने नियंत्रण में रखने की कोशिश करते हैं, उसे कोई भी पसंद नहीं करता और सभी गुपचुप उसकी जड़ें खोदने में जुट जाते हैं। ओ'नील के साथ भी ऐसा ही हुआ था। चूँकि उसने खुद ही अपने नेतृत्वकर्ता की पीठ में छुरा घोंपनेवाला काम किया था, इसलिए वह किसी पर भी भरोसा करने को तैयार नहीं था। ऐसे में, मेरिल लिंच के अधिकांश कर्मचारियों ने कंपनी की सफलता की बजाय अपनी सफलता पर अपना ध्यान केंद्रित कर दिया था। ओ'नील के सीधे नियंत्रण में काम करनेवाले शीर्ष कार्यकारी भी पीठ पीछे उसकी तानाशाही के खिलाफ कार्य करने लगे थे और वह शीर्ष पर बिल्कुल अकेला होता चला गया था। साफ है कि उसके पास सटीक सूचनाएँ आनी बंद होने लगी थीं और उसके फैसले अनपेक्षित नतीजे लाने लगे थे।

ओ'नील ने मेरिल लिंच का सारा ध्यान उच्च जोखिमवाले बंधक

संरक्षित प्रतिभूतियों (मॉर्गेज बैक्ड सिक्योरिटीज) एवं जंक बांड कारोबार पर केंद्रित कर दिया था। इस तरह, मेरिल लिंच ने अमेरिकी पूँजी बाजार में 'आवासीय बुलबुला' को फुलाने में अहम भूमिका अदा की थी। चूँकि बाजार तेजी पर था, इसलिए कोई ओ'नील के फैसलों को अनुचित ठहराने की हिम्मत नहीं जुटा पा रहा था। ऐसे में, वर्ष 2006 की गरमियों में, जब मेरिल लिंच के निवेश प्रमुख (इन्वेस्टमेंट चीफ) जेफ क्रोंथल ने ओ'नील का ध्यान लगातार बढ़ते जा रहे जोखिम के खतरे की तरफ खींचने की कोशिश की थी तो ओ'नील ने अपनी सनक में कंपनी के हितों पर विचार करने की बजाय उसे ही बाहर का रास्ता दिखा दिया था। अपनी व्यक्तिगत क्षमताओं को लेकर ओ'नील इतना अधिक घमंडी हो चुका था कि उसे अपनी गलतियाँ नजर नहीं आ रही थीं, और उसने सभी संवेदनशील फैसलों पर अपना नियंत्रण बढ़ा दिया था। नतीजा यह निकला था कि जब अगस्त-सितंबर 2007 में आवासीय बुलबुला फटा था और अमेरिका सहित विश्व भर के पूँजी बाजारों में कोहराम मचने लगा तो मेरिल लिंच को तीसरी तिमाही में 2.2 अरब डॉलर के घाटे और 8.4 अरब डॉलर मूल्य के असफल निवेशों को बट्टे खाते में डालने की घोषणा करनी पड़ी थी। और 30 अक्तूबर, 2007 को अचानक त्याग-पत्र देने के लिए मजबूर कर दिए जाने के साथ ही ओ'नील का शानदार पेशेवर जीवन शर्मनाक अंत पर पहुँच गया था।

सबसे महत्त्वपूर्ण है नेतृत्व की सत्यनिष्ठा

विशेष रूप से निजी क्षेत्र के व्यावसायिक संगठनों में आमतौर पर पदोन्नति व वेतन-वृद्धि का मुख्य आधार कार्यक्षमता, बुद्धिमानी व लाभकारी उपलब्धियाँ ही होती हैं। लेकिन विश्व भर के सभी सैन्य संगठनों में व्यक्ति विशेष के गुणों की सूची में सत्यनिष्ठा (इंटीग्रिटी) को न केवल सबसे ऊपर रखा जाता है, बल्कि इसी गुण को अन्य

सभी गुणों से अधिक महत्त्व दिया जाता है। क्योंकि सेनाओं की विराट् शक्ति को चौपट करने तथा अनगिनत की जान जोखिम में डालने लिए केवल एक बेईमान ही काफी हो सकता है। तो फिर, निजी क्षेत्र के नेतृत्वकर्ताओं में इस गुण को उतना ही महत्त्व क्यों नहीं दिया जाता? आज की बेहद असंतुलित विश्व अर्थव्यवस्था के लिए यही प्रश्न सबसे बड़ी चुनौती बना हुआ है। राजनीतिक क्षेत्र से तो मानो इस अनमोल गुण 'सत्यनिष्ठा' को निकाल बाहर ही कर दिया गया था। क्या यही विश्व के अविश्वसनीय सामाजिक-आर्थिक-राजनीतिक माहौल के लिए जिम्मेवार नहीं है? क्या यह गुण सभी क्षेत्रों के नेतृत्वकर्ताओं के लिए अनिवार्य नहीं है, भले ही उनके फैसले सीधे तौर पर जीवन-मरण से जुड़े हुए न हों? शायद ही ऐसा कोई होगा, जो 'सत्यनिष्ठा' के बारे में सकारात्मक उत्तर न रखता हो।

सैन्य संगठनों के नीति-निर्धारक बहुत अच्छी तरह से इस तथ्य को जानते-समझते हैं कि नेतृत्वकर्ता हमेशा सही फैसले ही नहीं कर सकता। सेनाओं की वरदियों के कॉलर में टँकी पदनाम-पट्टियाँ भी अपने आप नेतृत्वकर्ता की वास्तविक पहचान प्रदर्शित नहीं करती हैं। सैनिकों की वास्तविक पहचान उनके पदनाम-पट्टियों से जुड़ी जिम्मेदारियाँ हैं, जो पूरी तरह से उनके चरित्र पर टिकी होती हैं। असल में नेतृत्व का मतलब ही सत्यनिष्ठा, ईमानदारी व उत्तरदायित्व से है—और ये सब भरोसे के मूल घटक हैं। नेतृत्व हमें यह नहीं बताता कि हम क्या सुनना चाहते हैं, बल्कि यह कि हमें क्या सुनने की जरूरत है। यदि आप सच्चा नेतृत्वकर्ता होना चाहते हैं तो अपने लोगों में गहरा भरोसा व निष्ठा पैदा करने के लिए आपको सच बोलने से शुरुआत करनी पड़ेगी।

सत्य-निष्ठा का शाब्दिक अर्थ होता है—सत्य के प्रति निष्ठा। जब तक हम मानवीय नैतिक मूल्यों का कठोरता से पालन नहीं करते हैं,

सत्य के प्रति निष्ठा यानी स्वामी-भक्ति भी प्रदर्शित नहीं कर सकते। अर्थात्, सत्य-निष्ठा के साथ काम करने का मतलब केवल कानून की सीमाओं में ही नहीं है, बल्कि यह उससे भी और अधिक ऊँचे मानक पर काम करना होता है। सत्य-निष्ठा के पर्यायवाची शब्द हैं—समग्रता (टोटलिटी), प्रामाणिकता (ऑथेंटिसिटी) व ईमानदारी (ऑनेस्टी), संपूर्णता (कंपलीटनेस)। अर्थात्, सत्य-निष्ठ व्यक्ति कभी नैतिक मूल्यों से समझौता नहीं करेगा, यानी कभी भ्रष्ट आचरण नहीं करेगा। स्पष्ट है कि सत्य-निष्ठा किसी भी कंपनी की 'संगठन मूल्य' सूची की शोभा बढ़ानेवाला शब्द मात्र नहीं है। सत्य-निष्ठा ही वह कारण है कि हम एक-दूसरे पर भरोसा (ट्रस्ट) करते हैं। इस तरह भरोसा का मूल आधार है।

किसी संगठन में काम करते हुए हमें सबसे अधिक यही जानने की जरूरत होती है कि हमें दूसरों से, विशेष रूप से नेतृत्वकर्ता से, जो भी सूचनाएँ मिल रही हैं, वे सच हैं, भले ही वे अच्छी हों या बुरी। हम जानना चाहते हैं कि जब कोई कुछ कहता है तो उसका मतलब भी बिल्कुल वही होता है। यदि हम उनकी सत्य-निष्ठा पर शक करते हैं तो हम उन पर विश्वास नहीं कर सकते। और, फिर हम वैसे व्यक्तियों को अपनी या अपने नजदीकियों की जिंदगियों से दूर ही रखना पसंद करते हैं। जब हम किसी व्यक्ति की सत्य-निष्ठा पर शक करते हैं तो उसके साथ या उसके कहने पर किसी अनजान रास्ते पर आगे भी नहीं बढ़ना चाहते। सामाजिक प्राणी होने के नाते पाषाण काल से ही हमारा मस्तिष्क अपने आसपास या समुदाय के लोगों की सत्य-निष्ठा का स्वत: ही अनुमान लगाता रहता है, क्योंकि उनके कार्य-व्यवहारों के प्रति सचेत रहना हमारे जीवन-मरण से भी जुड़ा हो सकता है। इसीलिए हम स्वाभाविक रूप से लोगों की कथनी व करनी का लगातार मिलान करते रहते हैं। ज्यों ही किसी की कथनी व करनी में अंतर दिखता है,

हमारा मस्तिष्क हमें सचेत करता है और हम उसके प्रति सावधान हो जाते हैं, यानी उस पर शक करने लगते हैं। फिर हम ऐसे व्यक्ति द्वारा बोले गए सच पर भी भरोसा नहीं करते।

वास्तव में, किसी पर भरोसा करना लगातार चलनेवाली एक लंबी प्रक्रिया है। जब तक हमारे मस्तिष्क के पास किसी की सत्य-निष्ठा के, यानी उसकी कथनी व करनी की समानताओं के पर्याप्त प्रमाण इकट्ठा नहीं हो जाते, तब तक हम उस व्यक्ति पर भरोसा नहीं कर पाते। याद रहे कि सत्य-निष्ठा तभी काम कर पाती है, जब उसे व्यवहार में लाया जाए। भले ही आप मानसिक रूप से सत्य-निष्ठ हों, लेकिन जब तक वह आपके कार्य-व्यवहारों में नहीं झलकते हैं, तब आप दूसरों का भरोसा जीत नहीं सकते। यही कारण है कि सत्य-निष्ठा को अभ्यास (प्रैक्टिस) माना जाता है, न कि मनोदशा (स्टेट ऑफ माइंड)। और, हमारी सत्य-निष्ठा तभी प्रमाणित हो पाती है जब हमारे शब्द व कर्म हमारे उद्देश्यों से संगत कर रहे होते हैं। इसीलिए, सत्य-निष्ठा का अभाव हमारे पाखंड व झूठ को उजागर करता है। जब किसी संगठन का नेतृत्वकर्ता सच बोलने की बजाय वही कुछ बोलता है, जो दूसरे सुनना चाहते हैं तो उसमें सत्य-निष्ठा का अभाव स्पष्ट रूप से सामने आ जाता है और लोग उसे पाखंडी व झूठा मानने लगते हैं। विडंबना यह है कि आधुनिक व्यापार व्यवहारों व कार्य-स्थलों में आमतौर पर सत्य-निष्ठा का नितांत अभाव ही देखने को मिलता है।

यही कारण है कि हम राजनीतिक नेताओं पर भी भरोसा नहीं करते हैं। हम उनके बयानों से भले ही सहमत हों, लेकिन उन पर इसीलिए भरोसा नहीं कर पाते हैं कि उनकी कथनी व करनी में हमें अंतर नजर आता है। और, उनकी सत्य-निष्ठ प्रमाणित नहीं हो पाती है। ये राजनेता चुनाव अभियान के दौरान तो हमसे हाथ मिलाते घूमते रहते हैं, लेकिन उसके बाद नजर नहीं आते। यदि सचमुच में उन्हें हमारी चिंता होती तो वे

नियमित तौर पर हमारा हाल-चाल जानने के लिए हमारे बीच दिखाई देते।

सावधान! एक-दूसरे के साथ सहमत होने पर ही नहीं, बल्कि असहमत होने पर भी—और यहाँ तक कि जब हम गलती करने या गलत कदम उठाने पर भी ईमानदार होते हैं, तभी हमारी सत्य-निष्ठा प्रमाणित होती है। अर्थात्, हर हाल में सच के साथ टिके रहना ही सत्य-निष्ठा है। और जब तक आप ऐसा नहीं कर सकते, तब तक खुद को सच्चा नेतृत्वकर्ता भी नहीं कह सकते।

एक सामाजिक प्राणी के रूप में जब हम एक-दूसरे पर भरोसा कर आपसी सहयोग से काम करते हैं तो सबसे अधिक उत्पादक साबित होते हैं। इसका अर्थ यह भी हुआ कि भरोसा व सहयोग के अभाव में हमारे लिए उतना काम करना संभव नहीं होगा। और जब नेतृत्वकर्ता की सत्य-निष्ठा प्रमाणित हो जाती है तो कार्य-स्थलों में सुरक्षा-चक्र का निर्माण होता है, आपसी भरोसे व सहयोग का वातावरण कायम होता है और फिर उत्पादकता भी बढ़ती है। लेकिन आज के असंतुलित युग में नेतृत्वकर्ताओं की सबसे बड़ी चुनौती है कि वे अमूर्तन की स्थिति से बचें और मनुष्य को 'संख्या' मानकर फैसले लेने से बचें। हमेशा याद रखें कि मनुष्य मनुष्य ही होता है, संख्या नहीं।

□□□